一轮明月映秦岭

孙亚玲◎著

西安出版社

图书在版编目(CIP)数据

一轮明月映秦岭 / 孙亚玲著. - 西安 : 西安出版社, 2017.12

ISBN 978-7-5541-2783-4

Ⅰ. ①一… Ⅱ. ①孙… Ⅲ. ①散文集-中国-当代 Ⅳ. ①I267

中国版本图书馆 CIP 数据核字(2017)第 308500 号

一轮明月映秦岭
YILUN MINGYUE YINGQINLING

著　　者: 孙亚玲
出版发行: 西安出版社
社　　址: 西安市长安北路 56 号
电　　话: (029)85253740
邮政编码: 710061
印　　刷: 陕西天丰印务有限公司
开　　本: 880mm×1230mm　1/32
印　　张: 8
字　　数: 150 千
版　　次: 2017 年 12 月第 1 版
2017 年 12 月第 1 次印刷
书　　号: ISBN 978-7-5541-2783-4
定　　价: 39.00 元

《一轮明月映秦岭》序

朱　鸿

我过去看过孙亚玲的散文，这次她要出版散文集，嘱我作序，便又看了一些。

这里的作品，大体可以分为记事、记人和记游，此乃散文的三个主体。亚玲显然好山好水，特别是关于秦岭的作品，无不生动有趣，并注入历史文化，既增加了分量，又不失轻松流畅；她常常感事而发，事虽小、虽近，然而有风有俗，情真意切；凡作品中的人，都是她熟悉的，作家陈忠实、高建群、红柯，同学王小花，朋友田丽娜，或别的角色，无不见细节，见性格。此著面世，亮丽自呈。

孙亚玲是有文学天赋的，不过要取得更大发展，还应该纵目求远，加强艺术的修养。

文体各有其难，散文尤是易学而难工。欧洲文艺复兴以来，小说家群星闪耀，但散文家却凤毛麟角，为什么？盖以散文写作不靠生活和故事，靠的是感悟、见解和思想。唐宋有八大家，无不是学富五车，深谙儒术，以修身齐家治国平天下为价值观，从而临海思义，登山论仁。也许不必随培根，不必成韩愈，然而文与学兼富，才能治文学。这是我此刻所想的，也是愿意表达的。

2017 年 12 月 5 日　于窄门堡

亚玲更文学

孔 明

多年以前第一次在报纸副刊上看见孙亚玲写她哥的文章，我颇为惊讶！认识她的时候，她还是个姑娘，只知道她爸是作家，没听说过她爱文学。把文章读了两遍，我确信那一定出自孙亚玲的手笔，因为那样的文只有孙亚玲能写得出来。她的文章如同村姑走在花开烂漫的原野上，天然去雕饰，素面见美真，一种质朴之美伴随着清纯之风扑面而来。有了这次先入为主的悦读美感，我就时常在报刊杂志上留意孙亚玲的名字，时不时就读到了她质朴、清新的文字，我的欣然而然是自然而然的，起码可以这样说：孙亚玲用自己的文章表现了自我，也印证了自我，更提升了自我。她的破茧而出，她的羽化成蝶，她的翩跹起舞，几乎可以做励志的标本。为什么这样说呢？且听我道来！

亚玲的父亲孙兴盛先生，是卧龙式的蓝田籍作家，不在体制之内靠工资讨生活，却在体制之外靠文学养活了一大家子。上世纪90年代，他的长篇小说写一部畅销一部，令很多体制内作家害红眼病。在当今，这样的作家不是很多，而是很少。因为这个缘故，他的宝贝女儿也与体制无缘，几乎一生下来，就应该宿命地按照传统的人生轨迹亦步亦趋地去适应生活并接受生活的雕琢，做一个本分的媳妇兼勤劳的良家母亲。至少在第一次阅读她的文章之前，我对她的文学人生没有过一念之闪的预感和预期，我总觉得她不会像她父亲那样把一辈子献给文学，因为她面对的不是文学的时代机遇，而是文学被边缘化的严酷现实，文学之梦离开生活的自给自足几乎没有实现的可能。可她还是步入了文学人生的轨道，这有她发表的、出版的大量文学作品为证。我不知道她是自觉的，还是不自觉的，抑或是被她父亲言传身教、潜移默化、梦想感召的，反正是她把自己的业余时间几乎都奉献给文学了。

对她的写作我之所以惊讶，是因为她的作品本身显示出了不可思议的创作原动力、艺术表现力和情感表达力。宋人朱熹诗云："问渠哪得清如许，为有活水源头来。"亚玲的"活水源头"在哪里呢？肯定不在高校的课堂和教科书里。她的文学启蒙或许离不开父亲的文学熏陶，但她的"活水源头"却可能在她赖以生存的电脑键盘上，对此我深信不疑。她是先打字而后介入排版和平面设计的，不知有多少作家的作品是被她一个字、一个字敲打到电脑上又制作成书的。"处处留心皆学问。"显而易见，亚玲是留心在自己敲打的文字上了。她的后天努力与好学使她的灵性被激活、灵感被激发、灵魂被激励，她灵机一动，对文学不期然情有独钟了。说她自学成才也未尝不可，但我更相信是机缘凑巧又加上她天性聪颖，对文学的感知、感悟异于常人而使她总能得心应手、事半功倍。即以她当下的文章而言，一些大学中文专业毕业的本科生也未必能写得出来的。

没有进过专业的写作学堂，这是亚玲的先天缺憾，却可能成了她从事文学创作的后天优势。她没有接受过文学专业的训练，少了写作知识的储备，却也少了这些知识的幽灵般骚扰或附体，写作更阳光、更月光、更逼近率性与率真；她没有接受过这个主义、那个主义的流派洗脑、教化，恰可“一张报纸，好写最新最美的文字，好画最新最美的图画”（毛泽东语）。她的心灵是烂漫的，她在写更多依赖灵感而非理念，更多发挥想象而非就范某种模式常规。她在阅读中汲取了文学素养，又在写作中升华了文学素质，更在交流中扩大了文学视野，脚踏实地地编织着自己的文学梦想。勤奋耕耘并非不问收获，孜孜以求并非盲目写作，她的文学之路也就少了曲弯与崎岖，而多了笔直与平坦，前行的脚步也就显得更从容、快捷些。文学没有终南捷径，但可以曲径通幽。避免弯路，减少攀爬，使她更容易享受创作赐予心灵的获得感与满足感。

阅读亚玲即将出版的这部作品集，我对亚玲的文学人生更加深了了解和理解。亚玲的文学之路与她的人生之旅浑然一体，相辅相成。读她的文字，就像听她娓娓说道她的所见、所闻与所思、所感。她是见山说山，见水说水，见人说人，绝对原汁原味，很少添盐加醋，更像是展示而非显摆。她是直性子，文字也一样，不拐弯，不掩饰，不在枝蔓上过多纠缠。这样的文字就实在，就容易使人心灵共鸣。她的文字像明月穿云那般清朗悦目，像清流石上那般一目了然，像蝶恋香花那般曼妙和谐。一些地方,颇见神来之笔。我就喜欢她这样的句子:“也许是两只小狗害羞了,忽地同时转过身,钻进河里,滚了一身水……”写狗撒欢,写得这般浪漫,却又不失生活情趣,足见得亚玲的细心、用心。“爬了不大一会儿,我便累得靠在树上,大口大口地喘着粗气,浑身的汗水就像刚从游泳池里出来一样。”这样的句子,看似寻常,却有着生活的观照,使读者很容易浮想联翩而会心一笑。“我问父亲,不知刘秀当年击鼓问江山时的心情是什么?父亲愣了一下,向我招手,示意我走到他跟前去。随即一只手遮住我的耳朵,神秘地对我说‘你去问刘秀,我也不知道。’”这样的对白,放到常人之间也就罢了,纯幽默而已,放到父女之间,那就不独幽默风趣,凭空地多了一种亲昵的父爱与亲情的跌宕。类似的句子在亚玲的文字里就像惊鸿一瞥,不但给人意外的惊喜,而且给人立体的美感,使阅读之心骤然间轻松而愉快。

亚玲的创作状态正当其时,厚积薄发尚可期待。眼前她需要的可能是心境的豁然、心绪的超然与心灵的怡然。对写作人来说,安妥灵魂更容易拓展写作空间,使自己真正无拘无束,真正从容自在,真正进入真如境界。文学是亚玲的宿命,作为兄长,我愿意给她一个“画外音”:文学滋润生活比挤占生活更有意义,也更容易梦想成真。

与父亲相比,亚玲更文学。这是我的祝福,也是我的期待,希望亚玲写出更加优美的文字。

2017 年 12 月 10 日

目录 mulu

留住的足迹

生活你我他

昨天的记忆

一轮明月映秦岭

秦岭的精灵

太白烟雾

登顶太白山，我最大的感受是烟雾缭绕，讳莫如深。

2009 年 9 月 3 日是个好日子，天气晴朗，万里无云，我和陕西省作协王芳闻、郑文华两位老师相约前往太白山。王老师是著名的散文作家，郑老师是技术精湛的摄影家，和他们结伴而行，实在是绝佳的选择。

听说太白山经常被烟雾笼罩着，神秘的面纱始终不愿意揭下来，于是我们就选择一个天气晴朗的日子，希望不再烟雾缭绕，希望登山后能够看到它的庐山真面目。

当我们的小车停在太白山森林管委会的大院时，早有管委会的三位主任等在那里。在一番热情的招待之后又安排导游杨兵全程陪同我们，特别叮咛我们一定要到“大爷海”去一趟。

送我们上山的小车行驶在弯弯曲曲的盘山公路上，从车窗向外望去，两边的山峦高低错落，满山郁郁葱葱，树木枝繁叶茂。七女峰、莲花瀑、古栈鸟道、天开关雄踞在路边，给人无限遐思。

忽然车头一转，一座黑山堵在眼前。小杨告诉我们，这就是有名的泼墨山。当年，李白由陕赴蜀路经此处，看到如诗如画的太白美景，即命随从人员研墨铺纸欲赋诗一首。但好半天也没有下笔，随从问为什么不动笔，李白不答，只是端起墨砚向山上泼去。翠绿的青山一下子变成了黑黛色，随从的人被李白此举惊呆了。只见李白缓缓地说："如此美丽的景致，我岂能用语言来表达？"从那以后，此山便被称作泼墨山。试想，连诗仙李白都无法用词语描绘，我等无名小辈岂敢逞能！还是继续前进，看看下一个景致。

下了缆车，我们开始沿着新修的台阶而上，一层层台阶把我们送到了林木茂密的山坡。在这儿，完全置身于天然的氧吧之中。

小杨说，太白山上的松树有点特别，西边都不长枝叶。我们停下脚步向松树望去，的确如此，问为何，答：因为太白山上常年都在刮着西风，西边吃风太紧，枝叶自然长不起来。

话音刚落，早前还清静的山谷突然刮起了风。我喊："糟了，小杨，你怎么说出'风'这个字呢？"

据说，在太白山上，道士对风、雨、雾、雪甚至石头都不直接说出本名，经常用“微微儿”代替风，用“神帐子”代替雾，用“洒洒儿”代替雨，用“胡基”代替石头。如果谁没有遵循这一忌讳直呼其名，便有被雨淋风吹雪打雾罩的可能，也就无缘领略太白山的妖娆和雄奇了。我笑着对小杨说：“你刚才直接说成了风，没有说是‘微微儿’，‘微微儿’生气了，给咱们来了个‘下马威’，让我们不能再小瞧它了。”

“微微儿”一阵紧似一阵，我们的脚步说啥也不敢怠慢，赶下午六点来到了上板寺村。

上板寺是观太白云海的绝佳之地，站在上板寺观云台，俯视脚下万丈深渊，烟雾层叠，翻腾涌动，环绕群峰，一望无际。一忽儿，烟雾似云海般蜂拥而至，在我们周围上下翻滚，似牛似马，似龙似凤，互相簇拥，一团拘着一团，挟裹在山谷中。我突然觉得如同站在云头雾顶，有一种腾云驾雾的感觉，啊，我成了“云中仙女”了。

在太白山上，像这种微风挟裹着浓密深沉的雾气是常有的事。如果大雾凝结不散，再刮一股骤风，就极有可能风雨大作。雾是雨的前兆，“神帐子”拉开序幕，“洒洒儿”紧跟着就光临了。风和雾来去不定，说来就来，说走就散。小杨说，得赶紧到下一个休息点，免得“洒洒儿”来了，淋湿大家。

海拔 3511 米的地方，是我们一行人夜宿之地。“微微儿”并没有“微微”，反而是更加凶猛地吼着，好像把我们住宿的房子不夷为平地誓不罢休，整夜不停地叫嚣着。

奇怪的是，睡了一夜，早晨起来山中极静，连一只鸟鸣声也不曾听到。置身于山岩边，但见浓云密雾已经包围了整个群峰，天际间白茫茫一片。郑老师是资深的摄影家，手中的照相机却无论如何派不上用场：本想在清晨的山中抓拍一张带有灵气的仙照，却实难如愿，云和雾似乎有意在和他作对。

正欲转身离去，却见一股清风吹来，忽然眼前一亮，刚才还白茫茫的山谷蓦地显露出来。浓云像败兵似的从山顶急滚而下，翻腾着的雾团在天和地之间挣扎着，做出各种各样艰难的动作，你拥我挤，互不相让，把一个个山峰演绎成神话的世界。忽儿风向一转，烟雾随即也调转潮头，迅速地扭转方向，疾疾而去。这简直是人在雾中游，雾在人中飘，一幅人间美轮美奂的仙境不时地出现在眼前，使我们陶醉在仙气、灵气互相辉映的虚幻之中。

小杨催促我们继续前进。他说，前边有一个大爷海在向我们招手。

我们一行四人在风中、雨中、雾中、崎岖的山路中，脚手并用，经过六七个小时的艰难跋涉，终于来到了位于太白山海拔 3720 米处的大爷海。

早就听说大爷海清流异常，池面常被云雾笼罩。雾开时若现异光，不时还有神鸟来到池畔嬉戏，鸣声嘹亮山谷。但我们却因雨大雾浓，未能亲眼看到神鸟，只是听到山谷中不断传来另外一种鸟的叫声。那声音，有点神秘，可能就是人们常说的太白神鸟的叫声吧。太白神鸟也叫太白翠鸟，太白翠鸟之所以被称作神鸟，就是因为只要在“海”面上有一片树叶或一枝小草，它就会从很远的地方飞过来，马上噙起树叶和草枝飞走，不留一点尘埃在“海”面之上，使“海”面永远保持明静和清洁。

浓雾依旧密密麻麻地笼罩在大爷海之上，大爷海究竟是个什么样子，我们难以看到。正在懊丧之时，小杨提议绕海走一周。岂知绕“海”不到百米我们就不得不停止脚步。雾太浓太密，不断地在我们眼前翻滚，能见度很低，脚下根本看不清哪里是路哪里是水，就连一米之外的人也很难看清他的真实模样。天和地连在了一起，混沌一片，抬手即可触天。但我探幽览胜的心切，那种不到长城非好汉的雄心壮志，催促我小心翼翼地低下头，一步一步地摸索着前进。

忽然，我撞到了一通石碑，原是竖在“海”边的一个足有两米高一米宽的大石头，上书“大爷海”。这时，我好像哥伦布发现新大陆般激动地喊来了王老师和小杨，郑老师因为雨雾太大留在小文公庙休息，没有和我们一块来。站在大爷海的石碑前，我想让小杨为我拍张照片，留作纪念，但小杨把相机举在空中足有一分钟也没有按下快门。

小杨说：“没法拍，雾太大，根本看不清你的脸面。”

我说：“就在这儿等，不信它雾还不散了！”

为了留下大爷海那美丽的景致，我们一行坐在石碑旁等了半个多小时，但是雾气还是没有散开的意思。无奈，只能留下平生第一张朦胧照……

回到郑老师休息的地方，他问我，大爷海有多大，我说，一望无际！

一句话逗得郑老师捂着肚皮哈哈大笑：“一望无际，肯定了，雾大得你无法望到边际啊……”

在一定的意义里，朦胧比清晰更富诗意和仙气，茫茫大爷海的朦胧将永远储存在我的大脑之中。

北峪的水

“五一”长假，我们一行九人，从喧嚣嘈闹的城市来到静谧安适的北峪。

北峪处在秦岭山脉蓝田段北延部分，是秦岭七十二峪之一——清峪内的一条山谷。听说北峪里面有个“石瓮”，是自然形成的，景致极佳，于是，三五人一路歌声，一路打闹，终于把车停在了北峪沟口。

走在刚刚修筑的石子大路上，两旁的青山，山下的流水，水旁的农家屋舍，无不吸引着我们的双眸。看着远处层层叠叠的带着岚霭的山峦，听着近处潺潺流动的泛着洁白浪花的河水，踏过一座座刚刚券箍的圆拱形石桥，我们心中那个乐呀，简直难以形容。一种油然而生的惬意立即充满心头：啊，小桥、流水、人家！

还没有到达目的地，我们就拿出照相机“咔嚓”“咔嚓”地把那农家小院门前的核桃树、洋槐花、猪舍、牛棚，还有自由自在觅食的小鸡、贪婪地啃着青草的小羊、背上落着喜鹊的黄牛……一个一个有趣的场景，不断地摄入了我们的数码相机之中。

久违了的小河，终于又相逢了。听见流水那潺潺的声音，看见清澈见底的河水，还有水中来回穿梭着的一群一群金色的小鲤鱼，那深藏已久的童心这时被眼前的情景唤醒了……

淑女们甩开了往日的庄重和矜持，“哗”地一下脱掉鞋袜，来不及卷起裤管，扑进清粼粼的河水中，互相打闹着，脚板惊得水中鱼儿哗地扭转身，尾巴一摆，倏地钻进石缝中，把个圆圆的脑袋探出来，惊恐地窥视。姑娘们立即弯下腰，在石缝里摸索起来。刚才还一群一群悠闲游动的小鱼，这时躲得连一条也看不到了，像跟我们这些姑娘捉迷藏似的。

正当姑娘们感到疑惑时，忽然，几乎每个人的脚板都被鱼儿“叮”了一嘴，痒酥酥的，不知是惬意还是惊恐，大声尖叫着冲出小河，差不多同时又返回水中，弯下腰报复似的想把刚才“叮”自己的那条金鱼抓住。自然，谁也抓不到，鱼儿可没那么笨，打个转儿又躲起来了。

抓不到鱼儿，我们沿着河水进入景区。

穿树林，越小溪，老远就看到一座大约十米左右的悬崖，一道清泉从崖头倾泻而下，瀑布从悬崖顶上的缝隙中飞出，倾入崖下深潭，形成一幕水帘，散出一派银光。帘下冲刷出一个大水潭，潭水清澈，鱼蟹嬉戏其间，别有一番情趣。瀑布如阵阵沉雷，借助水潭崖壁的回音，演奏出雄伟的乐章。水雾弥漫，冉冉升腾，如烟如幻。其色其声，使人陶醉。走近瀑边，备感清凉。

拐过一段砭路，登上三级石坎，山谷豁然开朗。

一条小河上游住着三户人家，一律的青瓦白墙，被繁密的洋槐花遮罩其中，槐花的香气顺着山风扑面而来。小河对岸树阴之下是一户独院，两层小洋楼紧靠青山，墙上挂着一串串红辣椒，格外显眼。门前蹲着一只悠闲的小黄狗，看见有客人走来，立即伸长脖子“汪汪”吼了两声，随即跑下石阶，直扑到我们的身边来，摇着尾巴，友好地绕着圈子，像欢迎我们似的。接着又昂起头，对着上游那三户人家吼了两声。不到一分钟，另一只灰色的小狗也踏着轻盈的步子，顺着一条石板小径跳着蹦着来到黄狗身边，面向我们，并排儿蹲在那里，看着我们嬉戏。它们则张开大口，伸出两条猩红的舌头，惹得我们一阵哄笑。

也许是两只小狗害羞了，忽地同时转过身，钻进河中，滚了一身水……

顺着小狗入水的方向望去，河水流在一片连山石之间。石头又白又滑，清粼粼的河水从石皮上氽入一个深不可测的悬崖。哦，下面这正是我们刚才看到的那爿石瓮，不过观察的角度不同而已。半崖上有一个酷似瓷瓮般的“石瓮”。直径在四米以上，大约从古到今，千万年来被流水冲刷，变得光滑如玉，洁净如洗。瓮中的水呈墨绿色，在阳光照耀下折射出了悬崖上那棵伸出头来的“迎客松”。说来也怪，这“迎客松”居然扎根在悬崖的石缝之中，虽然树冠不大，但从枝干粗糙的程度来看，至少也有三百年以上的树龄。它笼罩在石瓮上面，不仅长年累月地为石瓮遮风挡雨，而且更增加了石瓮的神秘感。

黄狗和灰狗一前一后地坐在瀑布源头，像小孩玩滑滑梯似的顺着流水“扑通”一声滑进石瓮，惊得大家齐向“瓮”中张望，真怕小狗会被淹死。惊恐之余却看见它们在水中自由自在地浮游，钻进去，又冒出来，扎着“猛子”，调皮地用前爪把水打向对方，然后又像握手似的拉在一起。无疑地，这给远道而来的客人带来了无尽的乐趣。

还在惶恐的姑娘们好像想到了什么，立刻扑到水中打起了水仗，平时的温柔荡然无存，撩泼到对方衣服上的水，比眼前的瀑布还要猛烈。姑娘们满河逃窜，尖叫声、嬉闹声惊起了树林中栖息的一群小鸟，它们在空中盘旋着，然后又向远处飞去……

打水仗的姑娘们筋疲力尽，浑身湿漉漉的，一个个仰面朝天，懒散地躺在河旁的石板上，一边喘着气，一边欣赏着山间的景致，看着蓝天上团团滚动的白云，听着瀑布撞击弹奏出的乐章，呼吸着城市中不曾有的清新空气，享受着不可多得的悠闲和恬静。

那颗红红的太阳不知什么时候被鸟儿叫走了，西边的山凹里只留下昏黄的残阳。这时，姑娘们背起背包，迎着凉爽的山风，走向停在峪口的小车。

从车后的玻璃窗看见两只小黄狗，正追着我们的小车，跑了几步又停下来了……

一轮明月映秦岭

巍峨雄伟的秦岭，到了蓝田山东段，突然向北一折，生生地拱出一片气势磅礴的群山，灞源街就恰如其分地镶嵌在这群山之中，宛如秦岭山中一轮明月！

沿着312国道蓝田公王岭猿人遗址旁的灞河溯源而上，穿过高高低低的峡谷，进入天明山腹地，突兀错落的群山豁然开朗，眼前便闪出一片开阔地，这就是灞源街。

我不止一次地往返于玉山镇与灞源镇之间，对于灞源街，是再熟悉不过了。

灞源街是一个独立的自然村，屹立在这片开阔地的正中央。

新中国建立前，灞源街叫霸龙庙，也称大龙庙。因早年建有一座龙王庙而得名。

灞源街距蓝田县城一百多华里，处于群山环抱之中，是蓝田县最东边的一个古镇。建国后，因灞河发源于此，改霸龙庙为灞源。灞源街自然成为灞源镇所在地。

站在灞源街对面的狮子垭，你会发现灞源街处在灞河上游两条支流的交汇处：一条河流从灞源镇华岔村西，由东向西流来，灞源人把它叫东川河；一条河由渭南、华县、洛南、蓝田四县交界的箭峪岭发源，由北向南流来，灞源人把它叫北川河。两条河流在灞源街西南方向合二而一，沿西川蜿蜒西去。灞源街处在两河交汇的三角洲，态势恰似二龙戏珠。

灞源街环境优美，秀丽神奇。

村后是龙尾坡，酷似一条长龙对空曼舞。据说，龙头在潼关，而把一条尾巴留在了村子后边。坡上怪石嶙峋，松柏连片，郁郁葱葱，鲜花盛开，披缎镶锦；村前是川流不息历经千万年的河流。河水清澈见底，鹤翔水上，鱼游浅底。

隔河与狮子垭相望，山酷似一头面西而卧的雄狮，头颅高昂，雄视远方。西南方向有神奇的玉皇顶，景色秀丽，风光旖旎。灞源街就处在这两条河流、三座雄山之中，给村子平添了几分神秘的色彩，可谓一洞福地焉！

据资料所载，灞源街上的居民，大多为明末清初从湖南、安徽、湖北、广东，还有从山西、河南迁移来的外乡人。一条街上，南方北方口音混杂，走进街道，好似进了中华民族语言的大观园，南腔北调，各说各的。直至几百年后的今天，村人说话的口音还保持着各自家乡的韵味儿。但谁也说不清，到底是哪个姓氏最早来到这儿，哪个姓氏又最早在这儿创家立业。他们虽来自五湖四海，天南地北，性格或婉约，脾性或粗犷，但却能和睦相处，生儿育女，共居一地。无论清朝民国，还是人民共和国，他们在这个大家庭内，或经营商号，或从事农耕，勤勤恳恳兢兢业业，过着悠闲自得的宁静生活。

灞源街是周围数县货物的集散地。逢集日，街上人流涌动，摩肩接踵。一条街道足有二里多长，街道两旁店铺林立。古商铺大多修建于清朝中期，格局、形状各有特色，规格尊卑不等。大部分门面修建为板门阁楼式的多为古老建筑。修建雕镂出色，原木色调，古香古色。有的却为现代建筑，砖混结构，相对简陋。古式建筑均为土木构造，除了门脸为板门、上套阁楼外，山墙均为土坯垒成，四角包砖。屋顶均为硬山顶，两面坡檐式，房脊贫富不一，有鸡兽翘角的，也有布瓦叠扣的。由于古商铺修建年代较远，加上建国后新式房屋结构出现，村民不再翻修，所以参差不齐，有些店面年久失修，墙体倾斜，裂缝严重。个别家庭用红砖机瓦重新修建，已丢失了原有的风貌。一个秦岭山中的古镇正在被现代文明浸淫，将渐渐失去古镇的特色。

2016 年盛夏，我再一次踏进了灞源街。

晚饭后，约几友人，悠闲自在地徜徉于狭窄而古老的街道，踩着久远的青石路面，遥望不远处影影绰绰的秦岭群山，一时兴起，趁着十五的月光，攀上龙尾坡的观景亭。坐在亭子里面的木质连椅上，看着蓝色天幕上那一轮圆圆的明月，轻纱薄雾的白云，如炊烟缭绕，袅袅升腾，明亮的月光从山顶倾落，洒下朦朦胧胧的银光。此时此刻，我恍惚间成了玉兔，感觉自己就像到了嫦娥的月宫，忘记了身在何处，眼里只有高悬于苍穹的一轮明月和秦岭山麓，周围什么声音都没有了，安静得只能感觉到自己的脉搏跳动，什么也听不见了，心里静到了极致。

一轮明月映秦岭。这轮高高在上的明月，给远处的灞源街投去一片银色，映得街道两旁的房舍清晰可辨；俯瞰村落，只见月光下的屋顶错落有致，高矮相宜。万家灯火，辉煌灿烂，透出一片祥和与温馨；月光下的灞源街，更加迷人，更加靓丽。

这秦岭山中古老的小镇，被明月映照之后，变得妖娆，变得婉约，像一位江南亭亭玉立的女子，妩媚娇艳而楚楚动人。

风景秀丽万军廻

万军廻是个山清水秀风光迷人的村庄，村后大山莽莽，山上植被保持着原始的自然风貌，山高林深，随处可见瀑布、山泉、奇山、异石，并有天然洞穴等；村前是从灞源街流来的滚滚河水，在此绕了个“S”形，把村子分为上、下两部分，恰似一只倒放着的葫芦。

万军廻村地处秦岭腹地，春季山花遍野、异香扑鼻；夏季气候凉爽，空气清新；秋季满山红叶，层林尽染；冬季白雪皑皑，银装素裹。

万军廻附近有多种珍禽异兽在生息繁衍，如果身临其境，你就会看到白鹤在水上飞翔，锦鸡在耳旁长鸣。站立山头，你会发现雄鹰在河谷盘旋，用它那犀利的目光搜寻着猎物，一种霸气震撼着所有弱小生灵。

由于我曾采访过万军廻的村干部，所以对这个村子的前世今生了解得比较多。万军廻村子不大却人口复杂，姓氏较多。大多是清乾隆、嘉庆年间从湖北、广东、安徽逐渐移民而来，所以，村民的房屋结构属于江楚风格。远远看去，一堆堆一丛丛，加上绿树掩映，河水相伴，简直就是一幅幅民俗画、风景画。

令人感兴趣的是关于万军廻的村名，来历有两种说法：一说是，公元前 207 年刘邦攻破武关北上，率军准备与扼守峣关的秦军决一死战。刘邦遣义军万人，作为右翼，由北线商洛道对秦军迂回包围。义军从河南进入洛南，至此折向东南，出流峪，兵发咸阳。由于千军万马在此折转方向，后人将此地取名万军廻。

万军廻村另有一个小伙告诉我，他爷爷的爷爷说过，西汉末年王莽篡位，凡刘家后代均要赶绝杀尽，就连十二岁的刘秀也不放过。刘秀在别人指点下逃出京城，沿长安山脚一直向东，到了汤峪，遇见阴丽华兄妹俩，告诉他，去开封南阳不能走七盘坡、蓝桥驿，因为那里有王莽的重兵把守，但通过灞河流经的一条峪道可以翻山到丹江源头，再去龙驹寨。龙驹寨这个地方是刘秀先祖刘邦当年进武关坐骑生驹的地方，先祖会护佑他安全到达南阳。听了阴家兄妹的话，刘秀来到灞流峪，不承想，朔风怒吼，阴云密布，纷纷扬扬下起一场大雪，道路霎时被积雪遮盖起来。刘秀孤零零一个人在峪道里行走，忽然遇见一位担炭的老人，言说一队带刀挎剑的人也进了灞流峪。刘秀心知肚明，那队人马肯定是追杀他的。略加思考，他便想出了一个奇妙的方法，把脚上的鞋倒穿上，继续向东前行。追兵赶到这里，其中一位士兵发现路上的脚印鞋尖朝西，忙告诉带队的苏显：刘秀向山外走去，我们朝东怎么能追上呢？苏显立即命令大军调转马头，朝山外追赶。由于山高谷深，道路狭窄，千军万马拥挤在这儿，一时不好回头，只能缓缓地折转。此后，人们就把这个千军万马迂回周转的地方叫做“万军迴”。

在万军迴，还有一座建于明嘉靖年间的庙宇，同时吸引了我。传说在明嘉靖三十四年，陕西河南遭遇百年不遇的大地震，人和牲畜大部分都损伤严重，河南省遭灾更甚，粮食无收，民不聊生。于是，灾民便拖儿带女地离家出走，逃走他乡。有一个贫苦农民老李也领着妻子，一头挑着锅灶，一头挑着儿女，从河南地面一路西来，逃难到此。当他走到万军迴这个地方时，忽然从荒山密林中扑出一只黑虎，挡住去路。老李先是吃了一惊，接着冷静下来。他想，黑虎既然挡住去路，却没有吃掉他的意思，其中肯定有什么原因。于是他问黑虎：“你是想吃掉我们一家子吗？”黑虎摇摇头。“那么，你挡住去路，是不想让我们走吗？”黑虎点点头。老李想：莫非黑虎想留我们在此地？于是再问："你是不是让我们在此安家落户？"黑虎再次点头。老李这才放下心来。刚刚把担子从肩上放下来，黑虎又用口拽了他的衣角，直拉他到河水边。河水正滔滔翻滚，老李回头一看，喔，此地虽好，但大河在这儿绕了个弯，把脚下的土地逼得只剩下一条道儿，房子能盖在哪儿呢？正在迟疑，黑虎抬起碗口大的爪子，指了指河水。老李明白了：要想在这儿安家落户，必须先把河神龙王安排好。折回头，老李问黑虎："你是要我在这儿修一座龙王庙吗？"黑虎点点头。"行，只要龙王保佑，此地虽然偏窄，却不会被水淹。好，我不走了，就在此安家落户！"

黑虎高兴地前边带路，把老李一直领到坡下一块平坦的地方，然后卧下来。老李知道，黑虎要他在这里给龙王修庙。老李全家动手，一边砍木料，一边在河里搬石头，很快，一座龙王庙就修成了。老李再请人塑了龙王像。想了想，黑虎拦路有功，在龙王像旁边又塑了一尊黑虎灵官像。为了日子能安安稳稳地过下去，老李又在下首塑了一尊土地神像。这座龙王庙就算竣工了。他天天烧香日日供奉，从此，老李家就在河水旁边长期住下来了。

老李家是万军迴这个村子的创始人——始祖。直至目前，万军迴李姓人口居多，而且，到了民国时期，李姓人李华清、李华贵等已经成为当地很有名气的富家大户。

如今的万军迴，九灞公路、沪陕高速西商段、西合铁路，犹如蛛网般绕村而过。群众安居乐业，生活富裕，处处洋溢着喜庆的气氛。我最希望的是这个村子的旅游事业能够发展起来，使这颗藏于深闺人未识的明珠能放射出灿烂的光芒。

游石鼓山

中国大地，到处都有山，大大小小，星罗棋布。各山有各山的来历，各山有各山的故事。石鼓山也不例外。

石鼓山是秦岭东段北延部分西端的一座小山，属于渭南管辖。但它却距我的老家蓝田县许庙镇很近，不到十公里的路程。因此，去石鼓山游玩的客人，却以蓝田的游客为最多。

时值端午节，城市里又忒热，整日繁华喧嚣，生活节奏快得让人喘不过气来，正好利用放假时间，陪着父母带着儿女，回到老家许庙镇，放松放松心情，释放释放压力。

下午，开着三辆车，全家二十多口人浩浩荡荡地向石鼓山进发。车到石鼓山，一伙人从车里面走了出来。站在山下，仰头望着那座远近闻名的石山，听着老乡讲解石鼓山的来历，觉得蛮有意思。

相传西汉末年，王莽篡位要夺大汉江山，凡刘家大小格杀勿论，连十二岁的刘秀也不放过。刘秀在宫人的引导下逃出京城，沿浐河而上，进入蓝田地界。有一日，他来到蓝渭交界的石鼓山脚下，已觉精疲力竭，背靠山下一块大石头想着心事。他在心里问着自己：老天爷啊，难道王莽这个老贼真的要我大汉江山灭亡吗？难道他真的要置我于死地吗？突然空中传来一个洪亮的声音：灭与不灭，背后的石山会回答你！

刘秀听到回音，立即站了起来，到处寻找说话的人，可周围一个人也没有。他抬头看着面前的石山，恰似一面大鼓，矗立于天穹。石山上，柏树成林，古木参天，郁郁葱葱，山顶烟雾缭绕，透着股股仙气。刘秀在山底转了一圈，却连一条上山的路都没有找到。可他并不灰心，心想，此山无路，说明到处都是路。于是，他便手脚并用向山顶爬去，手上和脚上渗出了血泡，他不顾不管。当爬到山巅，眼前立刻出现一片平地，极像鼓面。鼓面上，又有两块长条石头，酷似鼓槌。刚才的声音又在他的耳边萦绕。他来到鼓前，拿起鼓槌，对着远方的天空大声喊道："我说石鼓啊石鼓，今我刘秀来到此地，击鼓问江山——如果我汉室江山将来还能发扬光大，你就发声；如果真的要我汉室江山落入王莽之手，你就不要发声。"

说完话，刘秀用尽全身的力量抡起石槌，猛力向鼓面击去。只听“砰砰砰”一连几声山响，震耳欲聋……

“天助我刘秀也!”

“石鼓发声了!”

刘秀一高兴，把右手中的一只石槌扔了出去，结果那只石槌一路向南，最后竟落到了南阳郡。刘秀说：看来，我的江山在南阳!

后来，刘秀坐了东汉江山，封此山为石鼓山。今天，在石鼓山上，只剩下了一只鼓槌。听说南阳有一座石山叫鼓槌山，想必就是当年刘秀扔出去的那一只石槌吧。

酷暑天气，即使坐在树底下听老乡们讲关于石鼓山的故事，却也汗流浃背。为了探奇，为了寻找刘秀当年的传说，我们向山上攀登。爬石鼓山难度的确很大，上山连一条像样的路都没有，更别说石阶了。一条又窄又细的羊肠小道曲曲折折地蜿蜒在山身，偶尔还会有一堆大大小小、没形没样的石头横在面前，路便无影无踪了。这时，双脚只能踩在石头上，还得用双手拽住旁边的树枝，才能爬得上去。爬了不大一会儿，我便累得靠在树上，大口大口地喘着粗气，浑身的汗水就像刚从游泳池里出来一样。

在休息的间歇里，放眼望去，风景这边独好。漫山遍野的山花开得正艳，五颜六色，姹紫嫣红，惹人陶醉。石鼓山以绿色为主旋律，脚下叫不上名的各色野花点缀其中，使石鼓山变得五彩缤纷，红的、黄的、紫的、白的枝叶交织在一起，丰富的色彩，在阳光下闪着莹润的姿色，绚烂旖旎。抬头看，天空蔚蓝蔚蓝，一团一团白云如袅袅炊烟飘在空中，有的还紧紧地围绕在远处山巅的树梢之上。轻轻地闭上双眸，身体仿佛进入仙境，唯有远处的小鸟在展放歌喉，使你犹如聆听着一场群鸟争鸣的演奏会。一阵柔柔的凉风从你身边刮过，闻到的是芬芳四溢的花香和新鲜清新的小草气息，使人挪不动脚步，不再想往前一步。踩着松柔的落叶层，呼吸着清新的空气，感觉真是进入了一个天然的氧吧。

父亲追上我，看着我陶醉的样子，说：“继续上，无限风光在险峰，到了山顶，还有更美的景色呢。”

父亲已是75岁高龄的老人了，爬山的耐力和毅力可一点也不逊色于我们年轻人。

大哥想搀父亲，被父亲拒绝了，他摆着手说：“不用扶，我还不老，就这山，和当年我上山割竹子担笼鋬的山比起来差远了，当年还有百二三重的担子在肩上担着！”

听着老父亲说的话，看着他那花白的头发，我不知为什么突然间心酸了起来，假装休息，和他们拉开一段距离，擦着满脸的泪水……

当我来到山顶时，父亲和大哥他们早早已经到了。

山顶果然如老乡所说，平平整整的，和鼓面一样，大概有几十平米。在鼓面正中，还真的有一块石头酷似鼓槌，放在鼓面之上。鼓槌的一侧，不知哪位用红油漆写着几个大字——石鼓山。

站在山顶，望着横岭一带的田地，黄灿灿的麦穗迎风摇摆着身姿，好像一条条金龙在翻腾着。夕阳的余辉映红了远处的天空。山底的村庄里，村民们一家挨着一家办起了农家乐，各家门前都一样样的挂着一串串的红灯笼，其中有一家人还种了一大片向日葵，向日葵金黄金黄的脑袋在微风中摇曳。夕阳，灯笼，向日葵，麦穗，还有翠绿翠绿的树叶，互相衬托，绘成了一幅美轮美奂的田园风光。

老父亲、大哥、二哥和表弟、侄女女儿，还有表弟十岁的女儿，站在山顶，乘着凉风，赏着美景，感受着山的伟大、山的宽厚。我问父亲，不知刘秀当年击鼓问江山后的心情是什么？

父亲愣了一下，向我招手，示意我走到他跟前去。随即一只手遮住我的耳朵，神秘地对我小声说："你去问刘秀，我也不知道。"

黑石河

黑石河——一个旅游休闲的好去处。

秦岭腹地有个万军廻村，村东边有一个附属小村叫黑石河，这可是个风景优美、山清水秀的好地方！

黑石河是一条南北走向的深沟，沟口像葫芦口一样，收得紧紧的，然而进沟后却豁然开朗。

一条崭新的水泥路宽阔平坦，蜿蜒伸向沟内。沿大路两旁，住满了山里人家，二十多户，百余口人。房屋建筑可以说花样繁多，各有千秋——有的古朴，有的典雅，有的是沿用了江南老祖先的徽式建筑。屋前鸡鸭成群，屋后青松成林。炊烟袅袅，从房顶徐徐升起，任何一位从这里经过的行人，都会感到一种前所未有的愉悦。

无论春天还是夏季，当你沿着进沟的水泥路向前行走，会发现各种颜色的蝴蝶绕着你在你身边翩翩起舞，会发现大大小小羽毛锃亮的鸟儿在你头顶盘旋，并且唱着婉转靓丽的歌儿。山花向你招手，微风送你凉爽；秋天，满山红叶，层林尽染，天高气爽，蔚蓝的天上飘着朵朵白云，在山头变幻着形状，给路人无限的遐想。冬天，更是一番景致：山头白雪皑皑，松树上、栎树上、石崖上、沟壑里，到处成了银色的世界，连行人也是银装素裹了……

沟堖堖有一个幻秘神奇而又风景旖旎的黑龙潭。

黑龙潭周围是原始森林，高大的树木遮天蔽日，阴阴森森。沟巅不远处，东西两座大山夹峙，山根石崖耸立，把一条宽敞的山沟抽缩得仅留一个缝儿，那山巅流来的淙淙细水，不得不聚集在一起，努力地从夹缝里挤出来。于是，轰隆轰隆沿着石皮直下三十多米，形成一面银亮亮的高崖瀑布，汆入崖下。天长日久，竟然冲出一个偌大的黑幽幽的龙潭来。据说，早年天旱时，远远近近的善男信女，敲锣打鼓来到这里，只需向潭内扔几颗石头，黑龙就知道是大地又干旱了，然后命令风伯雨师给苦难的老百姓来一场清风细雨。

我有幸踏访黑龙潭，面对面地亲近了这个风景秀丽的地方。

黑龙潭宽约五米，长有十五米左右，黑魆魆地，让人畏缩不敢近前。你若胆大想探险，得拿出十万分的勇气，一步一步接近，当你到了潭边，会感到凉飕飕的冷气向你身边慢慢袭来。这时，你只好就地坐下来，靠住身旁的小树，抓住眼前的蓑草，看一眼黑龙潭，喝一口绝对没有被污染的潭水，再看看天上盘旋的老鹰，霎时，你就会有置身于天宫的感觉……

当你接受了凉爽的潭水洗礼之后，准备离开黑龙潭，就能看见大路边一挂石崖，酷似瀑布般从上面披下一绺一绺猕猴桃的长蔓来，像石崖额前的刘海。那一枚一枚野生的猕猴桃，酸甜酸甜的，你就尽情地享受吧，没人向你收费的！

人们在工作忙碌之后，利用节假日来到这儿，享受着大自然的恩赐，把所有的压力与烦恼抛到九霄云外，美美地过几天神仙般的日子，然后再收拾行囊，回到那个让人见不得却也离不得的钢筋混凝土城市之中，拿出更新后的心情和精力，投入到新的工作中去。

游乐·忘情

长安自古即为京畿之地。

周秦汉唐铸就了长安持久的辉煌和盛世，在那早已过去的一千多年里，帝王将相王孙公子常游走于长安的青山绿水之间，文人墨客也不时来往于山野田园之中。

炎热的七月，为了不被城里的“火炉”熔化掉，我们一大早驱车来到了秦岭山中的黎元坪。

黎元坪，属于长安区滦镇辖区的一个小山村，背靠巍巍秦岭，面朝滔滔沣河水，四季风景秀丽，游人络绎不绝。

要到黎元坪村子，得从西万路下一面很大的坡，而且这面坡非常陡峭，拐弯又多又急。村民们为了提醒游人注意安全，在路两边竖着许多很醒目的警示牌，让司机们放慢驾驶速度。

还没有进村，早有热情的主人帮忙指挥停好车，招呼入座。屁股还没挨着摆在门前场院边的椅子，就有女主人端上香气四溢的茶水，一一倒满杯，递到手上：“来了，天热，快坐，先喝口水，休息。”

最贪玩的当然是孩子们了，刚一下车，便迫不及待地往门前的沣河跑去。

早晨九点多在城里已是艳阳高照，燥热难耐，如果不待在空调房间里，浑身上下的汗是不会干的。而在黎元坪却又是另一番情景——山风凉爽，鸟鸣蝉唱，清风从河口扑面吹来，温柔惬意。

孩子们三两下就蹬掉了鞋子，扑通扑通地向着清凌凌的河水中扑去，撩泼起河水向着还未站稳的对方劈头盖脸扬去，一个个都不得不把脸拧向一边，手下却并没有放慢给对方撩水的速度。水珠从头上直往下流，眯进了眼睛，双手一抹又开始对打起来。

看着他们玩得疯狂，我也不由得挽着裤管，拎着鞋子，顺河而下。三个一堆五个一群的游人，在河畔的树阴下找块平地，铺几张报纸，打扑克下象棋，啤酒、饮料、西瓜随便地泡在河水中，空调冰箱在这里已完全失去了用武之地。我赤脚站在河中央的一块大石头上，向着对面的远山望去：薄云一丝丝一缕缕缭绕在山间，更像是浣纱女遗忘在山间的纱巾，让眼前的大山增添了几分神秘的色彩；山上松柏成林，古树参天，满山碧透，郁郁葱葱；脚下河水碧波荡漾，鱼跃燕翔。远山近水融为一体。身临其中，如入仙境。往昔那所有的浮躁，都被这潺潺而去的沣河水冲得无影无踪了。

黎元坪村子不大，总共只有十多户人家，他们利用这得天独厚的生态环境和自然条件兴办起好多农家乐。清一色的白墙黛瓦A字形房舍，零散地分布在山脚下。一串串橙黄色的玉米穗子挂在门两边的白墙上，格外醒目；一藤藤绿葡萄珍珠般地挂在架上，藤蔓下只顾低头觅食的小鸡和贪婪地啃着青草的小羊，对我们这帮不速之客不理不睬，只有门前场院边站着的小白狗向我们摇着尾巴。小白狗似乎被我看得害羞了，转过身向房屋后边跑去。

这使我想起了那年在北峪的两只小黄狗。

"这茶真香!"

呷了一口清茶，直感甘甜、沁润，满口留香。

"茶很一般，不一般的是咱这儿泡茶的水!"

主人拿起茶壶又为我们每人续满茶杯，不无夸耀地说："这水，是从秦岭山顶顺着山石渗到地下，经过地表下的矿物质浸泡后再冒出地面的山泉水，比起那种瓶装矿泉水，不知要好多少倍哩。"

品着香茶，和主人拉着家常，不一会儿，饭菜便端上了桌。金灿灿的包谷糁和热腾腾的红豆稀饭，绿生生的灰灰菜、水芹菜，黄亮亮的炒土鸡蛋，红辣子泼香油的浆水菜，黄姜葱白拌发丝般的红萝卜丝，绿油油的鲜辣子炒土豆丝，一盘暄腾腾码得整齐的麦面锅盔和一盘油汪汪又薄又筋的煎饼，光看着这桌色味俱佳的饭菜，就会让你的口水直流，别提有多馋人了！

几个孩子玩累了，端起碗来呼啦啦每人喝了两碗包谷糁。看着他们一个个狼吞虎咽的馋相，惊得我瞪起铜铃般的眼睛——平时在家里从来不喝包谷糁的孩子，今天是怎么了，竟一连喝了两大碗，好像还意犹未尽，端着空碗看着女主人："阿姨，你做的饭真好吃……"

女主人听后乐得像门前的喇叭花一样，笑得灿烂，笑得热情，然后说："好吃就多吃点，来，阿姨给你再盛一碗，好吗？"

儿子憨憨地点点头，递过了空碗。

"咱这包谷糁啊，香、甜、甘、粘、醇。在别的地方是吃不到的。"男主人一脸的憨厚，向我们解释着，"包谷是我们在河畔的地里种的，不施任何化肥，不喷任何农药，浇的是沣河水，上的是农家肥，纯粹的绿色食品，做出的饭肯定好吃。"

一脸的自豪和满足，写在这位中年男人的脸上。

刚放下碗，一个个捣蛋鬼吆喝着向房后的山坡冲了上去，他们说，要在松树林子里采蘑菇。我们这些寻找清闲的大人，则坐在主人早已铺在核桃树下的竹席上，准备美美地睡一觉——睡一个凉爽的午觉！

净心素语

久居喧闹的城市，人便无缘由地憋着一股子闷气。

适逢端午节放假，呼朋唤友，吆喝上几个车友，一前一后向长安区的沣峪驶去。

驶上西万路，车少人稀，汽车跑得才像了汽车，一改刚才那蜗牛式的爬行，一股白气从车屁股后喷了出来，然后车就轻松地疾驶起来。

打开车窗玻璃，凉爽的山风吹进驾驶室，眼前一晃而过的杨树和柳树纷纷后退，修剪得整整齐齐的绿化带像两排迎宾礼士招呼着来来往往的车辆和行人。

车头拐进西沣路，扑进眼帘的都是绿色。公路顺着山势盘旋，向纵深处蜿蜒而去。左边是高大雄伟的青山，翠绿翠绿的；右边是那条长年滔滔不息的沣峪河，终日轰轰隆隆，哪管它冬去春又回，花开又花落。放眼望去，更远处的山峦苍苍莽莽，似影似幻，如岚如黛。

大约二十多分钟后，一行人来到了净业寺。

净业寺位于秦岭北麓长安区凤凰山之山腰。远离了寺门前喧闹的汽笛声和人来人往的吵闹声，还一片清净于有心之人。踩着人工铺就的石阶，耳听着停憩在林间欢快的鸟鸣，眼见山路两边连绵的秦岭诸山，山势陡峭，怪石嶙峋，峥嵘嵯峨，翠峰林立，山形如凤，地脉龙绵，林壑幽深。行走其间，让人如醉如痴，忽然感悟到了这山的神秘，还有这山的灵气。

气喘吁吁，进入净业寺，古建筑群规模宏大，气势磅礴，古色古香。进得殿内，双手合十，跪在佛祖足下，虔诚闭目，把心中积压的凡尘中所有烦心之事细诉于佛祖，求佛祖指点迷津，洗涤心灵深处之龌龊。

“人只要生活在世上，就有三灾六难，和家人、朋友、同事，甚或竞争对手，都免不了产生摩擦。但只要能够正确面对，善待他人，以宽厚之心去包容他人，你肯定会得到别人对你的宽待和包容。那么，一切的烦恼，也将会随着相互理解，化干戈为玉帛的。”这是净业寺年轻的现任住持本如法师，为一位来自于广东的游人解释着人生的迷惑和困顿——是啊，佛祖自古就是教人向善，放下屠刀，立地成佛。这种佛家教化的思想，千百年来一直引导人们放下世间的你争我斗，让矛盾不再深化。

听了本如大师这番话，我的心中豁然开朗。早上从西安出发时的那种浮躁之心，忽然平静下来了。

净业寺，真的是让人净心清修之地。来这儿，让人悟到了真经，听到了素语。出了寺门，站在寺前的平台上，看着远处和近处的大山，重重叠叠，一重连着一重，一峰紧挨一峰，满眼尽是绿色，满腔都是舒坦。这时，人世间所有的烦心事儿，随着清风飘向了远方……

去掉了心中的烦恼，我一身轻松地奔向郁郁葱葱的大山深处，在一片青山绿水中修炼我的心性，让怨气和邪恶得到皈依，让新的灵魂在这世外桃源之中得到重生！

在山坡上，小树和小草是灼热的，空气中充满着它们在这时独有的气味和风韵，清爽的山风徐徐吹过，分外温柔。生活在喧闹的城市中，人有时心困，有时身累，有时候竟感到人生就像天涯苦旅。但是，当你身处这山风吹来满面清香的山中，当头顶掠过鸽哨的啸叫时，让人顿感一丝惊喜，仿佛全身都卸去了铠甲，轻松怡然，好不惬意！往日所有的烦恼，都随着这夏天的清风烟消云散。净业寺以及寺院周围的山山水水，让居士们，让游人，尽情地沐浴大山中的阳光，感受佛祖的灵光，远离人间所有的闹心，让滚滚红尘中那些龌龊得到净化。

“滚滚长江东逝水，浪花淘尽……”

不知谁在山那边唱起哀婉凄厉而又昂扬向上的歌曲，声音久久地回荡在山谷。这边，一群人你一句我一句跟着唱起来。

山很大，很坚实；山很高，很灵动。山将激励我们果敢地迎接下一个曙光，以充沛的精力投入到新一轮的工作中。

秦岭之巅鸡窝子

认识秦岭之巅那个叫做“鸡窝子”的地方，是二十年前的一个七月天。

那天，我和陕西省作协几位老师一同去镇巴参加《热土》一书的作品研讨会，路经鸡窝子，我和它便有了第一次接触。鸡窝子是秦岭之巅的一个小山村，属长安区滦镇秦岭山中最远的村子。“长安八水”之一的沣河就发源于此。

210 国道经长安沣峪通往四川万县，来往车辆很多。那时候，路面窄，转弯多，大部分路段仅能容两辆车并排通过。我是第一次去陕南，也是第一次走沣峪这条路。一路上，明显地感到司机小心翼翼，十分谨慎地驾驶。汽车几乎是紧紧地贴近山崖行驶着。我靠右侧车窗坐着，偶尔扭头向车窗外看一眼，那深不见底的万丈深渊就会吓得我紧闭双眼，浑身起一层鸡皮疙瘩，双手死死地抓住扶手。

早晨从西安出发时还是艳阳高照，进山不久却下起瓢泼大雨来。像蜗牛爬行在刀背上的所有车辆，只得走走停停，停停走走，半个小时后，排起了长龙，不得不陆陆续续地停下来。

司机跳下车，向前走去打探路况。

十几分钟后，司机回来了，哭丧着脸告诉我们："各位老师，这里是鸡窝子，离广货街还有十五公里，距目的地镇巴还有几百公里呢，看来，今天到不了了。"

我和几位老师只好从车中走下来，想看个究竟。一打听，才知道前方道路塌方了。司机看着我们几人站在路边焦急的样子，似安慰似埋怨地说："这条山路很不好，常常塌方。唉，还不知要等到啥时候！"

"没事，权当避暑哩。这会儿要是在城里，能把人热死，正好，这地方凉快。"一头白发的京夫老师两手叉腰，望着对面山崖，笑着说。

"这样吧，老师们，今晚肯定走不了了，"司机挠一挠头皮说，"咱们去找一家村民，先弄点饭吃……"

司机找到了一家村民，好说歹说的，人家才答应收我们五个人十元钱，吃一顿洋芋糊汤，外加浆水酸菜。仔细想想，并不是鸡窝子村民吝啬，实在是那个年代村民粮食并不富裕。自己家人都吃不饱，哪来更多的粮食应付过路的客人呢?

鸡窝子村被一座座大山包围着,能耕种的土地只有沿河畔的那一点点,而且一年只能种一料玉米或土豆。对于他们来说,粮食确实比金子还贵。

吃饭的时候,我问主人:“为啥不在村里开个饭馆呢?”

“开饭馆?哪来的东西让客人吃呢?再说,冬天路上的冰有二寸厚,能有几辆车来?夏天,蔬菜和米面也不容易运进山来。”主人给我们每人又盛了一碗饭,“还有,平时即使堵车,也没人肯来这儿吃……”

言下之意,这儿是个既偏僻又萧条的地方。

那晚,我们以每人二十元钱借宿在村民家中。被子很不干净,一股霉味直冲鼻子,几位大作家一夜都没有睡好。

第二天中午,车辆开始蠕动,路况逐渐疏通,我们一步一步离开了鸡窝子村。

我在心里暗暗嘀咕:“鸡窝子啊鸡窝子,你真的和鸡窝一样,我不会再亲近你了……”

日月如梭,一闪过去了十年。长安人在政府的支持下,把沣峪到广货街的路面拓宽重修,并且还在靠悬崖的一边加固了防护墩。从西安去万县的车流日夜如梭。现在,农家人借助秦岭这得天独厚的自然生态条件,沿路都建成了农家乐，一家挨一家，吃饭、住宿、休闲、娱乐一条龙服务。

又是一年七月天，我特地叫上当年的几位老师（京夫老师已经离我们而去了），专门开车来到了当年借宿的鸡窝子村，再去寻访那户农家。

如今的鸡窝子村，全村有一百多户人家，四百多口人，沿 210 国道一字排开，南北长达三公里，家家盖起了两层楼房，样式别致，里外全都用瓷片贴了，当年那些土坯房早已不知去向。几位老师多方打听，仍是没有当年借宿的那户农家的任何信息。

如今的鸡窝子，年轻人思路开阔，出去打工的并不多，他们抓住城里人喜欢休闲旅游的大好时机，办起了一家挨一家的农家乐。适逢夏季，闹市里待烦了的城里人，像互相有约似的一溜带串地把车开到这里，寻求一时的消停。呀，鸡窝子一下子热闹了，人来车往，生意很是火爆。听说农家乐还在卖洋芋糊汤，但却不是当年那个味儿了！

是夜，我们同来的几个人，坐在饭店门前，星夜中瞟一眼鸡窝子村错落有致的楼房，默默地望着天上那盘弯弯的月亮，瞅着天幕上隐隐闪烁的星星，看着银河两岸的牵牛织女，心里产生无限遐思……

啊，鸡窝子！这秦岭之巅的小山村，长江和黄河的分水岭，你站在这巍巍秦岭的制高点上，岂不正好看清了我国南方和北方飞跃式的发展吗？此时此刻，无论是鸡窝子的创业人，还是我们这些旅游人，无不为山区生态环境的前景感到欣慰！

第二天早晨，在村民家中吃过风味独特的农家饭，我和几位老师离开了鸡窝子。我在心里说："鸡窝子，有机会我还会再来的。"

一轮明月映秦岭

留住的足迹

黎坪山水

近年来，从西安到汉中不知往返了多少次，可以说对汉中的旅游景点几乎一览无余，唯独黎坪森林公园不曾谋面。想去黎坪森林公园的愿望终于在西大作家高研班的采风活动中实现了。

在西汉高速路上，黎坪森林公园的宣传广告铺天盖地，天桥、隧道、路标到处都有，于是，越发勾起我走近黎坪的迫切欲望。

4 月 27 日 8 点半，西北大学作家班的所有学员，分乘两辆客车，向汉中黎坪出发。车子一路向南，风驰电掣，路边的洋槐树和红枫叶被无情地抛向车后，往日的绿肥红瘦这阵儿却变得清淡与寡味，想象中黎坪的美色诱惑着一群狂热的青年作家，车厢里朗诵、吟诗、成语接龙，全都是冲着黎坪而发泄。

经过一段弯弯曲曲的山路，晃得好几个人都有晕车的感觉，于是车厢里一阵寂静，我也从急不可耐的烦躁中静了下来，把视线甩向了车厢外面：窗外，青山绿水，一山又一山，山山相连，相互缠绕，相互簇拥。青翠中点缀的野花，黄的清新，粉的妖娆，白的清纯。满山的绿意，满眼的美景，勾得人心魂荡漾，惹得人思潮翩翩。想象中的黎坪啊，这个即将入怀的新娘，你肯定比我们现在看到的景致更美好，更妍丽，更富魅力。

大家急切地希望早点看到黎坪的山，走近黎坪的水。

下午 5 点钟，车子稳稳地停在黎坪景区“西流人家”酒店门前。

“西流”，这是什么意思？我忙问接待我们的小伙子，他说：别的河流都是向东流，唯有黎坪的这条河水却是向西而流的，所以叫西流河。

哦，好一个西流河！放下行李，来不及洗漱，我直奔河水而去。

经过曲折蜿蜒的木质走廊，站在西流人家的凉亭下，西流河水尽收眼底。不算宽阔的水域上弥漫着氤氲的雾霭，绿沁沁的河水拍打着黛色的山岩，声声惊心，凉气袭人。河面上，水流哗哗，波光粼粼。久居闹市的我们，发疯似的赤着脚板挽起裤腿，徜徉在这条宽不盈百米清澈见底的河水中。孩童般稚气，少女样娴静，全然忘了作家的身份，忘了岸上还站着景区接待我们的工作人员。嬉戏打闹好不热闹，平日里那种压抑和沉闷在如此温情的河水中释放得淋漓尽致，心底犹存的那份天真也泼洒得荡然无存。水，那么灵动清丽，令人神往遐思；水，那么柔情清澈，充满了无限激情。人们所说的“柔情似水”，我估计就是冲着西流河而来的。

玩够了，吃好了，伴着西流河潺潺的流水声，我们渐渐地进入梦乡。

第二天早上起来，拉开窗帘，透过雾水遮罩的窗玻璃，对面群山苍翠，碧绿一片，山，竟是如此的美丽！蓝蓝的天际下洒出缕缕阳光，馒头似的山头显露着神态各异的景象。峰峦叠嶂，碧水如镜，青山浮水，倒影翩翩，两岸景色犹如百里画廊。

抬眼望去，不远处是秦巴山谷常见的村落。山川开阔处，山土筑墙，片石盖顶。如带的溪水挽起错落有致的几十户人家。家家绿竹环抱，百花掩映，一幅江南风光尽在眼前。桃花、玉兰、樱花竞相绽放，串串花朵，缀挂枝头，为这小山村平添了些许妖娆。

我和陈然兴老师在其他人还没有起床前就来到西流河。

望着远山，看着近水，心情惬意而怡悦。顺着陈老师手指的方向望去，西流河水两岸的山势并不是想象中那么挺拔险峻，蒙古包形的山峦绵延不断，很少有古树森森，但草茂花繁的景象却深深地吸引着我们的兴致。河水极清极美，河底全是淡青色的岩石，河水就从岩石上漫流而过，长年被水清洗着的山石更加光滑细腻。有的山石上附着水草的翠绿，宛如沉了一河的翡翠。随着河势的起伏，河水一会儿从高处山岩上飞湍而下，青光闪闪，银珠飞溅，一会儿又坠入深潭之中，造一个不大不小的湖泊出来。湖水如镜，映出远处的山影。这里难道是九寨沟吗？这么美丽，这么幽静，清泉流淌，绵绵柔柔！我给陈老师说，要不是早晨水温太低，我真想脱掉鞋子，踩水行走一趟，那样，肯定也会有另一番情趣。

吃过早饭，离开居住的西流人家，正式进入黎坪森林景区。山路弯弯，蜿蜒曲折的流水把我们引向深处。汽车行驶在山间公路上，窗外大大小小的山谷，从我们眼前一一而过，沟连着壑，壑连着沟，沟沟壑壑里溪水流淌。大的形成瀑布，如银链从天而降，晶莹剔透；小的如龙王胡须，丝丝缕缕，细密柔情。

西流河是嘉陵江二级支流，发源于汉中米仓山南麓，上世纪抗战时期，农学家安汉曾利用西流河水在黎坪垦荒种地，安顿数万难民。

水随山高，峰回路转，不管我走到哪里，西流河水总缠绕在我的脚下。在黎坪，不管是悲壮凄美的鹿跳崖，还是钢骨柔情的剑峡，都让我恋恋不舍，但传说中的七星潭更让我向往。山青水绿，云深水远，景色秀丽，风柔雨嫩的去处注定会有神秘的故事和传说，这里也不例外。美女导游张敏告诉我们：这里是七仙女沐浴的地方，有七处神潭，最大的叫沐心潭，是大仙女洗澡的浴池，设施最为完善，不仅有浴池的坐阶，旁边还有洗累了躺着休息的地方。依着往上数是其他几个仙女沐浴的浴池。相传在远古的年代，天上的七仙女羡慕人间美景，不顾禁令，偷偷下凡。这天，仙女们遨游到了黎坪山。时值盛夏，酷热难当，她们见密林深处有一溪流，泉水飞花，银浪翻滚，遂动了戏水梳洗的念头。本地的山神、河神见仙女们想戏水，就讨好她们，取石筑潭，霎时出现七个幽静的去处，供她们各自洗澡嬉戏。七位仙女卸下盛妆，各据一潭，尽情洗涤，欢声笑语，回响山谷。她们玩得十分开心，不知不觉过了七天。王母娘娘见七个女儿私自下凡，竟敢七天七夜不归，便派天神去捉拿她们。天神奉旨驾云来到黎坪上空，大喊一声："王母娘娘有旨，令你们火速回归天宫！"顿时，天昏地暗，电闪雷鸣。仙女们来不及穿衣服，就被天神收回天宫去了。遗落下的衣裙，就变成了如今的"罗裙石"。在七仙女浴池的旁边，还有两个小池子，分别是她们洗脸和洗脚的地方。一爿梳妆镜石，直到现在镜框的轮廓仍清晰可辨。

优美的传说给黎坪以及黎坪的水增添了神话般的色彩，让所有的游客有身临仙境般的感觉。沿着一条曲曲折折的幽谷小径继续前行，便到了一条幽深坦荡的峡谷——红尘峡。据说这里也有一段凄美的爱情故事：一位富家小姐不愿贪图荣华富贵，恋上了自家的男仆，而父亲却百般阻挠他们在一起，于是，在一个月黑风高之夜，两人偷偷地从家中逃走，离开红尘，来到此地，过着与外界隔绝的日子。他们相亲相爱，相敬如宾。可是，好景不长，从小养尊处优的小姐，尽管为了爱情愿意放弃优裕的物质生活，但身体却因为长期的劳累而一病不起，她劝爱人离开这里，去外面重新开始新的生活，可爱人却始终不愿离开。看着日渐消瘦的小姐被病痛折磨得死去活来的样子，他不忍心小姐就这样慢慢地等死。终于有一天，他抱着心爱的小姐，从岩顶跳入河水中。在红尘中，他们不能双双栖作，那就让他们为爱而殉情吧。

一段凄美的故事，一条幽静的情人峡谷，让人顿觉爱情的伟大，也让人深感爱情的苦涩。

脚下踩踏的落叶苔藓，可以踩出水来，头顶树木蔽日，高大的冠木树枝如撑开的花伞，长满肥大的绿叶，缕缕阳光从树叶间射出，树林间弥漫着一种湿漉漉的气息，树杆下、小道旁都长满了苔藓，呈现给游人的是一个年久日深的原生态美景。

“明月松间照，清泉石上流”。美景如画的黎坪，如歌如泣的泉水，我爱你！

黎坪，你是我永远的情人！

游瀛湖

听说安康是西安的后花园，也早已向往安康的青山绿水，于是，“五一”长假，和朋友相约而去。

安康之美在于瀛湖。来安康，瀛湖不能不去。

一行人在安康草草吃完早饭，便驱车向瀛湖驶去。瀛湖在安康市南16公里处，不一会儿工夫就到了。

本以为我们来了个大早，谁知泊好车来到售票处一看，嗨，比我们早到的人多的是，看来，现在人的腰包都鼓起来了。

排队买票，再到渡口和船工讨价还价，终于登上了一艘既不寒碜却也不甚豪华的游船。

坐在游船上，迎着山风，虽说有点微凉，但却十分惬意。

薄雾笼罩着湖面，恰似浣纱女遗忘在山间的柔纱。薄雾随风飘荡，萦绕在湖面四周的山腰上，更使瀛湖增添了几分姿色。再看湖水，清澈透亮。空中浮云的影子在湖水里翻转，煞是好看。游船驶过湖面，船后形成一道水沟，冲击出的波浪，起起伏伏地向远处荡漾，随后又逐渐消失。

抬头看，插在船头的五星红旗迎着山风猎猎飘展，发出哗哗的响声，显得十分的霸气。游人们争相站在船头拍照。

船行景移，湖岸苍山叠绿，青青翠翠，不时还有镶嵌在山腰间不知名的野花一片一片，红的，白的，黄的，撞进每一位游客的心中。远处山间时隐时现的农家小楼，不一会儿就被抛在了船后。

大约半个多小时后，游船驶近一座小岛，岛边景致尽收眼中。站在船上看着岸边的一座座楼房被四周的青翠包裹着，很是漂亮。可是当船靠近岸边，船主让游客们下船上岛参观时，看着被湖水冲得豁豁牙牙的土疙瘩充作的码头，一船的游客都蒙了。我拉着女儿也缓慢地向岸边靠近，嘴里还一个劲地告诉她不用怕，但我的心里首先发怵了，不敢抬腿上岸。幸好，同船的男士自告奋勇地先上了岸，再把船上的女游客一个一个拉上码头，才算登上了小岛。

进入小岛的路就好多了，石台阶铺就，平平整整。问问路边卖烤鱼烤饼的摊贩，码头和进岛的路径为啥有如此之大的差别时，摊贩边笑边说，这石台阶，是他们集资义务修出来的，为的是让上岛的游客方便些。

听说这个小岛上有着西北最大的鸟语生态园，叫鸟语苑。于是一行人急急地去寻访各自喜欢的鸟儿。

在鸟语苑里，我们“幸运”地遇上了鹦鹉表演。只见训鸟师从一根木棍上把鹦鹉解下来（鹦鹉都被用铁链子拴腿锁在木棍上），让鹦鹉站在他面前的桌子上，然后对游客说，这只绿色鹦鹉名叫“钱袋”，它会从游客的手中把钱叼走，并且不需要人们帮助会再把钱投到桌子前的功德箱里。

好奇的游客们都翻包掏钱举在手上，让鹦鹉来叼，可是举了半天鹦鹉就是对面前的游客不理不睬。当大家都耐着性子对鹦鹉摇着手中的钱问训鸟师它为什么不叼时，训鸟师不紧不慢地告诉游客：“这鹦鹉啊，只叼最少 5 元钱的，5 元以下它看不上。”

哦，原来如此！女儿立刻把拿着 1 元钱的手缩了回来，说：“看来鹦鹉也学会认钱不认人了。”

游客们一片哗然，各说各的，训鸟师和鹦鹉根本不理游客们，自顾自地看着远方。当一位男士手里举着一张 20 元面额钞票对着鹦鹉摇晃时，训鸟师立刻拍了拍手，鹦鹉便“嗖”地一下向这位男士飞了过去，很娴熟地伸出它那弯勾的嘴，叼走了 20 元钱，飞回后放进功德箱里。

紧跟着一个小朋友也拿出了一张 5 元钱举在空中，训鸟师又拍了拍手，鹦鹉也叼回了小朋友手中的钱。

一场鹦鹉叼钱的表演就这样在游客的嬉笑中结束了。

离开鹦鹉表演区后，女儿悄悄地俯在我耳边说："根本不是什么鹦鹉认识钱的多少，而是那位训鸟师以拍手为信号，鹦鹉只不过按照它主人的暗示，把钱叼回来而已。"

我看着女儿，只是默默地笑了一下。

半个小时的鸟语苑参观后，回到船上，向下一个景点出发。

站在船头，抬眼看着四周翠绿翠绿的青山和偶尔点缀在山间里的农家小院，很是美丽，再看船顶飘着的红旗不畏山风依然迎风招展，很是威武。湖面上的薄雾渐渐消散，蓝天白云飘浮空中，阳光倾泄而下，湖面波光粼粼，闪着碎银子似的光辉。船到湖心，湖面宽阔如镜，游船来往络绎不绝，湖水随风泛起涟漪，好一幅山水画，真是船在水中行，人在画中游。突然间，一只快艇迎面而来，与游船擦肩而过，冲起一道浪波，我们的游船被浪峰托起，左右摇摆，颠簸了几下，冲过波浪继续前行。

蓦然中，视线不远处出现了一个小岛，岛上耸立着一座古塔。我想，这岛，这塔，就是金螺岛和金螺塔了。

金螺岛是瀛湖风景区重要景点之一，占地20余亩。因其形似海螺，屹立于湖中，且安康古称金州，故冠名金螺岛。以螺峰塔为标志，以厅、院、亭、廊、泉为主体，所有建筑雕梁画栋、古香古色，既有南方园林古典秀雅妩媚温柔的风格，又有北方雄浑豪放粗犷夸张的格调。

金螺峰塔座落在金螺岛顶，共5层265米高，气势宏伟，蔚为壮观。

进得金螺岛景区，首先映入眼帘的是漱玉泉，一座汉白玉美女亭亭玉立，秀发自然垂下，眼望远方，屹立于绿水坛之上。上了台阶，登塔远眺，湖光山色，亭台楼阁，尽收眼底，所有的烦恼，瞬间被抛至九霄。心旷神怡，宠辱皆忘，把酒临风，美哉妙哉！

在金螺岛对岸，屹立着一座高20余米的巨石，远看恰似头戴发夹，长发披肩、手执织梭的古装淑女，正昂首目视远方。相传她就是传说中织女的化身，故名“织女石”。这时，我才突然联想到，金螺岛上的牛郎石，为什么手持牛鞭双眼圆睁静静地面西而卧了。原来是他们两个经年累月地隔江“相对遥相望”哩。

听岛上的工作人员说，这个织女石，已经在此耸立了两千多年，在这两千多年间，历朝历代文人墨客在游览汉江时，都有赞美织女石的诗句，例如唐朝诗人杜甫的《秋夕》：“天阶夜色凉如水，卧看牵牛织女星。”又如唐朝诗人孟郊的《古意》：“河边织女星，河畔牵牛郎。”

虽说金螺岛小如弹丸，但岛上的金螺塔，却甚是雄伟，也算是瀛湖一大景观了。

试想，在瀛湖工作的人员，经年累月地朝看水东流，暮看日西坠，闲唱秦腔戏，醉卧翠竹林，每时每刻都与这美山美水相伴，是何等的惬意啊。有朝一日，我也有此机会，跟着他们惬意一回，那该多好啊！

在石泉，寻寻觅觅

游完中坝大峡谷和熨斗古镇的燕翔洞，回到石泉县城，已经是华灯初上了。

在县城找了两个多小时的宾馆一无所获，家家爆满，有的酒店前台小姐被问烦了，干脆在大门上贴张告示——客满，以免多费口舌。

正在一筹莫展时，身旁一位饭店的老板娘告诉我们，说是往南走出县城，再往西北方向十多公里处，就是南关镇，那里的酒店不少，可以去那儿看看。谢过好心的饭店老板娘，便沿着她所说的路线一路寻找而去。

黑灯瞎火，跌跌撞撞，连问带闯地终于找到南关镇。酒店的确不少，心里一下子舒展开来。可是，好心情没有维持多长时间就消失了：偌大的镇街，许多的酒店，但依然是家家爆满。问过多家之后，双眉又被愁锁。没办法，总不能睡在车里吧？只能继续向前，寻寻觅觅……

走出南关镇十多公里后，还是没有找到酒店，大家经过商量，干脆不再找酒店了，随便找个路边的农户住下算了。

改变主意，专找农家。

调转车头，回南关镇去。

古语说得好，“踏破铁鞋无觅处，得来全不费功夫”。当车子再次驶回南关镇时，看到路边一行人匆匆地从“食泉居”客栈出来，个个笑容满面。证明他们找到了住的地方。于是我们也想撞撞运气。一打听，果然还有一间房子。不问价钱，不问条件，不问一切，一切都不问，直接登记，交钱。

找到住处后，心情豁然开朗。但肚子却早已饿得前心贴后背了。

已经是晚上十一点，饭厅里早已不见了人影，只有我们一行人。吃饭时和老板闲聊，才得知我们登记的房间，是早上一客户打电话提前预订好的，可是酒店前台刚才和客户联系时，客户手机已经关机，说什么也联系不上了，酒店才果断地登记给了我们。用老家的话说，我们捡了个合茬。

吃完饭，已经困得睁不开眼，草草洗漱完毕，商量好明天的行程，便匆匆上床睡觉了。

也许是太困，也许是放松，也许是空气好，总之，个个都睡得非常香甜。直到窗外的小鸟叽叽喳喳地吵闹了半天，才迷迷糊糊地醒来。拨开窗帘向外探去，不看不知道，一看吓一跳，窗外不是高楼大厦，不是车水马龙，居然是群山，看不到山顶，只能看见满山翠绿翠绿的树枝和盛开的各种野花。

昨晚一味地寻找住处，没有注意周围的环境，清早起来，才有机会观察这个陕南的小街——南关镇。

包茂高速公路从镇中间穿过，汉江为界，把镇子分成东西两排——西边建有一座现代化的两层休闲场所，叫石泉山庄，楼顶呈斜坡状，用茅草从屋顶顺势而下苫盖，墙面用青砖砌垒，所有的房门两边都挂着一串串红灯笼，远远看去，很是惹眼；东边是清一色的黛瓦白墙，两层小楼，马头墙把两户人家隔开，小花格格木窗户，朱红大门上镶嵌着金色的大泡钉，甚是好看。

来到镇子后边的山林间，好一座大自然赐予的天然氧吧，小草茵茵，花儿绽放，鸟儿争鸣，空气清新。桥下溪水潺潺，缓缓流动。

小桥，流水，人家，构织成一幅美轮美奂的人间仙境。

晨游石泉老县城

去安康前，我就在陕西省散文学会会长陈长吟老师那儿打听过了，去安康，石泉县城是必经之地。陈长吟老师是地道的安康人，请教他，准错不了。他对石泉的介绍是这样的：石泉，是陕南的一处风水宝地，县城位于安康市西部，北依秦岭，南接巴山，汉江自西向东穿境而过，地形轮廓呈“两山夹一川”之势。那里有自然清新的天然氧吧——中坝大峡谷，有绝美无比的燕翔溶洞，有陕西最美的十大古镇熨斗古镇，有诗情画意的后柳水乡，更有古老繁华的明清一条街——老县城。

石泉县城，从明代洪武二年（1369）建城到现在，已有600多年的历史。西魏废帝元年（552），因城南有泉水数眼，其水清冽，四时不涸，故将原永乐县改为现在的石泉县。

石泉，真是一个好地方，依山傍水，四面环山。城南有汉江缓缓东流，城西有珍珠河及饶峰河交汇，城东与石磨乡为邻，城西北和古堰乡接壤。

老县城位于石泉县中心街道一侧，为南北方向，东面临街，西面临江。老县城城门向西洞开，直指汉江。城墙为古代遗留，城楼为新近翻修。一方“秀艳西江”匾额，使城楼显得巍峨壮观。

我们一行人从西城门进入。走在青石铺就的街道，百年古城的风貌仍依稀可见：青石板街、木板门面，向游人倾诉着它的斑驳沧桑；江西会馆、禹王宫殿，演绎着它昔日的峥嵘岁月；古戏楼、水运码头，诠释着它曾经的繁忙喧嚣；县署衙门、国营食堂，还原着昔日的古朴风韵。这些都已成为见证石泉老县城昔日风情与历史兴衰的活文物。

老街古朴整洁一尘不染，街道为旧时格局，两侧铺面林立，只是斗转星移，原有的喧嚣热闹被如今的冷清所替代。

街道上的游客并不多，店面也还没有全部开门，只有一部分卖早点的摊子摆在路的两侧。沿着街边的摊点走了一圈，并没有发现具有石泉特色的风味美食，本想着在老县城能够品尝到地地道道的陕南小吃，却没有出现。无奈之下，几个人只好来到一家卖汉中热米皮、菜豆腐的摊位前，各要了一碗，一边吃着一边调侃着说：热米皮菜豆腐也算是陕南特色了。

吃完早饭，沿着窄长的街道继续前行，看着路边竖立的枣红色木质路标，突然间心里就萌生了岁月沧桑的感觉。老街的小巷里，有戴着石头圆形眼镜看报的老人，有穿着新颖玩着电动飞机活泼可爱的小孩。百年老街与现代文明就这样和谐地融为一体。

朱家大院、唐家园子的路标竖立在西边的第三条小巷旁边。

我曾经去过山西灵石县的王家大院、祁县的乔家大院、霍州的朱家大院，对古老的建筑很是情有独钟，所以，每到一地，只要有古宅子老建筑，我都要去膜拜，去参观。这里的朱家大院，我肯定是要去的。

沿着窄得只能容两三人并行的小巷一直寻找着朱家大院，却一直没有找见。心里正在纳闷之时，正好有位四十多岁的大哥从一间灰暗狭小的房间出来，我急忙上前打听，可能是他还没有睡醒，用蒙蒙眬眬的眼神好奇地瞅着我们说，继续往里走。谢过大哥后，我们继续往巷子里头走着，可是到了巷子的尽头，也没有找到那个朱家大院。想再打听打听，街巷里却连一个人影也没有。不得已只能返回街道，向路边卖芝麻饼的大嫂询问。

可能我们太过执着，也可能我们寻访的朱家大院太过神秘，总之，卖芝麻大饼的大嫂也同样对我们投来了不可思议的眼神。害怕大嫂不耐烦，我赶紧掏出钱来说是要买大嫂的芝麻饼，大嫂才很不情愿地从里边的操作间走过来，给我装了两个芝麻饼，然后不紧不慢地走出她的烧饼店，随即用手一指说："那间塌陷了的门楼子，就是朱家大院。"

失望，失落，顷刻间涌上了我的心头。想像中，朱家大院一定是朱红大门、金色铜钉、大青石狮、雕梁画栋、古香古色，幢幢木屋砖舍分布在雄伟壮阔的青石照壁左右两侧，黛瓦青砖、花格格木窗，镂空雕花木门……很失望，这些想像中的美景一个都没有出现。映入眼帘的是一片废墟，破碎了的瓦片零乱地躺在青砖门楼底下，残缺不全的木门已经腐朽不堪，随时都有倒塌的可能，裸露在土墙外的木柱长期被风雨剥蚀得摇摇晃晃，颤颤抖抖地支撑着残存的屋檐。昔日的辉煌已荡然无存，唯一能证明武举朱家先辈朱启榜荣耀的，只是门楣上的那一方清光绪辛丑仲冬赦旦立的牌匾，上书"朝举大夫"。青石牌匾虽然斑驳模糊，但还依稀可辨。

从朱家大院出来，站在小街尽头遥望城门，看着每家每户相邻的马头墙，心情沉重得连抬腿的劲都没有了，刚才访古探幽的心绪好像被抽了筋骨似的软弱无力，一段辉煌，一段旧情，一段往事，一段历史，就这样湮灭于历史的长河之中。

倒塌了的朱家大院，不知是朱家后辈的耻辱，还是石泉文物管理部门的悲哀……

游神湖

2013 年 6 月中旬，来到向往已久的神湖。

神湖，以前叫“红碱淖”。红碱淖的“淖”是蒙古族语，意思为水泊、湖泊。

“红碱”是指湖水里碱性物质和水藻类生物混杂在淤泥之中，经太阳暴晒甚至起了化学作用、物理作用，而最终形成红色的碱土，因此得红碱淖之名。

既为“红碱淖”，为什么又改名叫神湖呢？第一因为它是中国最大的沙漠淡水湖，处在毛乌素沙漠之中；第二是神湖地处神木县境内，是神木人心目中的圣湖。加上红碱淖处处充满着神秘的色彩，故改名“神湖”再合适不过了。

刚从停车场出来，就有热情的神湖人招揽生意，一个个拦住去路，让你品尝神湖独特的沙漠淡水鱼。一条足有 300 多米长的街道，两边都是卖淡水湖鱼的饭馆。打出的广告语各显其能，什么“独此一味”，什么“百年老店”等等。刚躲过第一家，第二家又上来纠缠，等你过五关斩六将走过一条300多米长的街道，来到售票口时，早已疲惫不堪了。

“凉皮米线，想吃的过来尝，不想吃的过来坐。”一个童音未脱的声音突然间撞进了耳朵。循着声音望去，在和亲路的最尽头，光着上身、只穿一条短裤的五六岁的小男孩在撕开嗓子吆喝着。

其实，这小男孩是一道亮丽的风景。

检过票，走进景区，一尊十多米高的王昭君大理石塑像矗立在眼前。犹抱琵琶半遮面，长长的斗篷拖在身后，上面还塑着昭君出塞时迎送队伍浩大的场面。稍往前走，一个巨大的石头摆在路边，上面题有两个红色大字——神湖。

关于神湖，这儿流传着一段美丽的传说。

神湖的水，昭君的泪。据说王昭君当年和亲匈奴，在汉朝和匈奴官员的护送下，离开长安，出塞北上，来到大漠。当一行人走到现在神木县尔林兔镇尔林兔草原，即将告别中原时，她缓缓地下马，恋恋不舍地回望身后的故土，想到从此出关万里，恐怕今生今世再也难以回到长安了，顿时千般感慨、万般惆怅涌上心头，泪水霎时像泉水般汩汩而流。伤情的眼泪，不舍的眼泪，辛酸的眼泪，整整流了七天七夜。此情此景，不知怎的传到了天上王母娘娘的耳朵里，她老人家深受感动，于是便派七仙女下凡。仙女们各持一条彩带，从七个不同的位置向昭君飘来，这七条彩带就是七条河流，七条季节性的河流，终于汇集成“昭君泪”，也就是今天沙漠中这一汪清冽冽的湖水。

这是个颇有情趣的传说！

下了台阶，要想去快艇口，得经过一段木桥。陪同而来的杜总说，以前并没有这一段木桥，湖水一直漫到桥口。现在，由于上游拦截，降水量减少，蒸发量增加，再加上环湖混凝土道路、高速公路、省级公路和地方道路等在神湖四周通过，这些近距离的路网建设，无疑对神湖自然生态带来了破坏，致使湖水向后缩退了 100 多米。

走过木桥，踏上快艇，艄公们帮我们穿好橘红色的救生衣。为了眼宽，我们选择坐在快艇的最前端。坐下后，艄公叮嘱大家扶好，坐好，不能站立，以免发生意外。机器轰鸣了，快艇风驰电掣地向对岸游乐场驶去。

从岸这边到岸那边，有五六公里的距离，坐在快艇上，湖面宽广，波光粼粼，远处草原上的树枝翠绿翠绿，景色宜人，湖中几只野鸭“嘎嘎”游过，空中白天鹅展翅翱翔，人和动物融合在这神湖之中。微风吹来，水珠溅落在脸上和身上，格外凉爽，惬意顿生。

下了快艇，来到旅游中心区，太阳红得可怕，没肝没肺地炙烤着沙地。行走在绵软的沙滩上，鞋子里不时地灌进沙子，憋得人难受。杜总提醒我，干脆把鞋子脱掉，光着脚片行走，那样反而舒服点。

脱了鞋子赤脚行走在沙滩上，沙子又烫得人下不了脚。

玩过游乐场的沙滩车，觉得还不过瘾，我们又上到五六十米高的沙丘之上，准备再玩一把更刺激的“滑沙车”。人坐在一个足有一米长的塑料框中，两腿蹬在框子前边，两手紧扶框边，工作人员问一声“Are you ready?”，我们回答“Yes ”，工作人员便把塑料框推到沙丘边缘，猛地往下一推，给点外力，人便如飞了起来似的快速向沙堆底下冲去。我胆小，始终不敢坐进框中，在杜总和工作人员的一再鼓动下，终于鼓起勇气坐了进去。“飞”的那一阵儿，惊心和刺激，还真让人美妙了一把。

玩过陆地上的，我们还想体验一下水中的，于是拿出泳衣，向湖边的游泳场走去。

游泳得换衣服，四根木棍在沙滩上一插，再围上一截花布，花布的一侧挂一条布帘，这就是换衣室了。简陋的换衣室，每个人收费 5 元。付过钱，换下来的衣服还得让撑着太阳伞的师傅们保管，又是一次收费。

神湖人这时候很不友好，手一伸：“收费25元。”

我“啊”了一声，想搞搞价，商量是否便宜点时，师傅却背过脸去，不再理睬我了。没办法，总不能把衣服和包包背到水里去吧，25元再一次装进了他们的腰包。

太阳这时很不给力，不知是因为害羞还是和我们捉起了迷藏，竟然藏到云彩后边去了，时不时地探出半个脑袋在天空晃悠一下，然后又不见了。

进入水中，自然是很冷的了。

走过一段水路，便冻得瑟瑟发抖，上下牙齿直打哆嗦。既来之，则安之，虽然感觉冷，还得硬着头皮往纵深处走。两腿打颤，两手抱在胸前。杜总说，游吧，游一会儿就不冷了。想想，也在理儿，就横下心来，一个猛子扎进去，向前游了十多米，钻出水面时，果然没了冷的感觉。我忽然恨起太阳来了：刚才没游泳，你很豪放地挂在空中，眨巴着眼睛看我们的笑话，把我们一个个热得汗流浃背，满脸通红；如今需要你热情了，需要你的温暖了，你却躲进云层里面睡觉去了，真不义气！

颤颤抖抖，哆哆嗦嗦，勉强游了一会儿，害怕感冒，就向岸边走了回来。

尽管在神湖中游泳没有尽兴，但咱也不亏，日后见了朋友还敢夸口：我曾在神湖中游过泳，呀呀，一个偌大的湖泊，咱都敢游泳，至于在经济大潮中游泳，那不过小菜一碟！

张骞故里说张骞

从小喜欢看历史书藉，一直到现在都没有改变。“明修栈道，暗渡陈仓”、“萧何月夜追韩信”、“力拔山兮气盖世”的《霸王别姬》都是我的精神大餐。

汉朝，一个让我从高中时候就迷恋的朝代，他的历史更是让我欲罢不能，欲休不止。“天汉”的神秘老是吸引着我走向陕南，走进汉中，可每次去汉中，都是匆匆而去，急急而回，没有时候零距离地亲近她的身体，抚摸她的肌体，总是留有许多遗憾。

幸好，城固金秋桔子大丰收，在城固县文化广播电视局伍宏贤局长的邀请下，随同陕西文学基金会、散文学会组织的“陕西作家美丽城固行”采风团来到景色如画，汉水滔滔的城固县。

伍局长好像很了解每一个人的心思一样，第一站便安排了拜谒张骞墓，并且还邀请来了张蓦的第 67 代玄孙张利军先生。在简单的午餐后，大家来到了位于县城西边三公里处的博望镇饶家营村——张蓦墓所在地。

张蓦墓，亦称张蓦纪念馆，大门前一副楹联：“博望侯西访月氏智克奇险凿丝路中外第一人；汉武帝北征匈奴广募贤能兴王业古今无二主”，写出了张蓦辉煌勇敢的一生。纪念馆四周，古柏参天，郁郁葱葱，给人一种庄严肃穆的感觉。

导游很年轻，漂亮，声音甜美。她的讲解，让游人又回到了2000多年前的汉代。尽管岁月如梭，但张骞并没有在历史的长河中被湮没，而是代代相传，辈辈称贤。在纪念馆里，他的一生不仅是挂在墙上让后人参观、瞻仰，而是教化世人以他为楷模，向他学习。

张蓦墓座北朝南，南北长35．6米，东西宽20米，高5米，成覆斗型。

经过六十年的“文景之治”，几代人的韬光养晦，汉王朝国力、军力迅速强盛起来，到汉武帝时候，国力更是大大提升。反击匈奴，解除边疆的威胁是汉王朝的当务之急。前139年，汉武帝公开招募有胆有识之士出使西域，寻找与匈奴有血海深仇的大月氏国，联合抗击匈奴。当时的张骞，只是朝中的一个郎职，并非显赫之人，但他怀着国家安危，人民生命安全的远大抱负，于是勇敢地站了出来，带领了100多人，从长安出发，一路西去，前往西域。

陵园很小，纪念馆内可供参观的地方并不多。当地人告诉我们，县城西十几公里处，有一个叫“古城”的村子，是张骞从匈奴带回来的胡妻住的地方，听老人说，此地古时叫“胡城”，也叫“胡姬城”。

张骞出使西域后，人们沿着他的足迹，频繁来往于中原和西域之间。呈现出“东西使者，络绎不绝。商贩胡客，相望地道”的盛况。逐渐形成连接东西、横跨亚欧大陆7000余公里的陆路交通线，而以中原丝织品为主的东西贸易在汉唐时期出现了空前繁荣的局面。公元1887年，德国地理学家李希霍芬将其命名为“丝绸之路”。

丝绸之路的开通不但促进了东西方经济和商业的发展，西域各国的音乐、舞蹈、杂技、风土人情也传入中原，尤其是杂技和音乐更是风靡一时，成为当时最早沟通中西方的艺术之花。

公元前128年，在劝说月氏联合抗击匈奴无果的情形下，张骞不得不带着极为沉重的心情启程回国。在回国途中，他吸取来时的经验，不再被匈奴俘获，他绕道葱岭，沿昆仑山北麓，经莎车、于阗一线东归，但事与愿违，途中再次落入匈奴之手。公元前126年，张骞乘着匈奴内部争取王权发生内乱的机会，又一次成功地逃了回来。

公元前114年，博望侯张骞走完了他波澜壮阔的人生之路，永远安息在他的故乡城固这片土地上。绿野平畴，汉水滔滔，两千多年以来，张骞的盖世伟业不仅彪炳史册，更是激励着城固的后人时时不忘先祖那种与生俱来的开拓进取、坚忍不拔、敢于冒险、勇于担当的高尚品质和精神财富，

站在宛若长城的桔园山头，放眼望去，葱翠的桔树像一片绿色的屏幕挂在天际之间，凝望云烟苍茫的汉 水，远处的水域弥漫着氤氲雾气，红色的小桔子繁密地挂在绿色的藤枝上，绿中挂红，恰似织女为城固儿女织就的锦绣旗袍。

美在清水头

早晨在菜市场，看到一大嫂在卖桃。大嫂说她是王莽乡清水头村人，他们那儿鲜桃大面积成熟。桃子个大、色红、味甜，好吃极了。而桃子成熟的季节，也正是他们那儿千亩荷花开得最盛的时候。

一听到荷花，我的心怦然而动。南宋诗人杨万里的诗句忽然间就冒了出来：“接天连叶无穷碧，映日荷花别样红。”

回到家，顾不得炎炎七月太阳的炙烤，约上朋友，开上车便向清水头村去了。

清水头村，隶属于长安区王莽乡，这是一个小山村。平时很清闲的一个小山村，现在因有了千亩荷塘，一下子聚集了上百辆汽车，聚集了成千上万的游人，本来就不宽敞的乡村小路这时更不够用了，拥堵的景象堪比西安钟楼下。游客多了，村里人也办起了农家乐，城里来的人都喜吃农家饭，既看了荷花赏了美景，又吃了可口的平时吃不到的农家饭，快哉乐哉，慢慢地村子里的人也富裕起来，日子也红火了。不开农家乐的，有的把自家门口杂物清理清理，平整出一片片的停车场来，少则停上三五辆车，多则停上十数八辆，一天也挣个百儿八十块钱，好的挣个千儿八百，清水村因了荷塘而富了起来。

停好车，我们沿着村里的水泥路，顺着人流来到村东头。放眼望去，大片大片荷花池相连，一个接一个，足足有几十个之多，一眼望不到边边，撞进眼帘的尽是翠绿欲滴的荷叶。一片片荷叶既像碧波又像绿毯，天空上映着白云和蓝天，碧波当中夹杂着观赏的游人，拍照的、谈笑的、赏花的……构成了一幅美丽的画卷——盛日赏荷图。

荷塘的四面，远远近近、高高低低，长着一些树木，好像杨柳居多。这些树将一片一片荷塘团团围住。在水泥路的另一旁，是一片正在生长的水稻，绿油油的；在树和水稻的间隙，夹杂着一些不知名的水草和野花，也是绿油油红艳艳的。抬眼向天空更远的地方望去，树梢上叽叽喳喳的鸟儿，悠闲地展着歌喉，不知疲倦地唱着属于它们自己的歌曲。远处的秦岭群山一峰挨着一峰，一峰挤着一峰，一峰并着一峰，峰峰相连，它们也在不失时机地凑着热闹，俯瞰着大地，观赏着人间的美景，羡慕着人间的美好和幸福生活。沿着曲曲折折的田埂，走进荷塘，周围弥漫的全是翠绿翠绿的荷叶，有的漂浮在水面上，多是嫩叶，掩映在老叶之下，随波漂荡；有的离开水面很高，那是老一点的叶子，枝叶稍硬，一枝一枝竖在荷塘之中，像一把把绿色的小伞，撑满了荷塘。一阵风过，似有成千上万的人，打着绿色的小伞，在荷塘中扭着秧歌。

粉红的荷花红里透白，白里映红，像一张张少女害羞的脸，星星点点穿插在荷叶之中。有的才绽开两三片花瓣儿，显得楚楚动人；有的张开了笑脸，显得热情洋溢；有的含苞待放，娇羞欲语；有的开怀怒放，舒展潇洒；有的藏在绿叶中间，半露着脸，害羞地看着游人。一朵朵坚强的荷花，出淤泥而不染，濯清涟而不妖，实乃花中之魁。

炎炎夏日，其他的花都害怕酷热，蜷缩成一团，藏在叶子的后边，唯有荷花，总是面对着骄阳，照开不误，而且开得那么鲜艳。我将整个身心置于荷花之中，观赏池中荷花，粉的，粉得灿烂，白的，白得耀眼，红的，红得骄人，一朵朵一簇簇争奇斗艳，互相比试着自己璀璨的花容、婀娜的腰姿。荷叶很是随和，要开就开得满池满塘，开得热火朝天，给人一种壮观的美，红的衬托着白的，白的又映照着粉的，就连荷叶也不甘逊色，大片大片的，像是为池塘撑起一个个绿伞，也护荫着里边的小草和青蛙。

当我刚走到一个大的荷池边拿起相机准备拍照时，一只浑身绿如草色的青蛙突然间从脚下的草丛中蹦了出来，估计是我打扰了它的清静，它很不满意地向我冲来，头对着我，瞪着圆鼓鼓的两只眼睛，鼓着大大的腮帮，吓得我赶紧后退几步逃离它的地盘。站在荷池边，我再也不敢轻举妄动，远远地看着它，可能它被我看得害羞了，转过身，很轻巧地跳到了荷叶上，悠闲地看着池边的人，还时不时地故意表现着自己，从这片荷叶跳到那片荷叶上。可能是表现欲太强，终于在一次表演中失足，跌入了荷池的水中，很不好意思地游走了。

太阳倒是很慷慨，没心没肺地照着大地，晒着观赏荷花的人们。女人，有的打着花伞和太阳对抗着，有的戴着遮阳帽和太阳捉着迷藏；男人则更是豪放，很多干脆脱掉外套，光着膀子在烈日下走动着；小孩子真是顽皮，用路边的小草和茎蔓编成一个个草帽戴在头上遮着太阳。

路边仅有的一个凉亭，里边坐满了乘凉的游人，坐在亭中，甚是满足，一边歇息一边赏景，惬意极了。望亭北，是一眼看不到边的桃园，树上结满了红红的鲜桃，看一眼让人馋涎欲滴；望亭南，是荷花片片。有几个爱照相的女人，或站，或蹲，或坐，你搂我，我抱你，互相牵引着，摆着各种各样的pose，甚至还互相换着衣服，摆着不同的姿式，和荷花媲美。

我喜夏日，热情奔放。我爱荷花，出淤泥而不染。站在池边，欣赏着池中那迎着烈日盛开的荷花，我心飞扬，情激荡。赏不够、看不厌的荷花，你真的很美，很美。

看秦汉，数风流

一

怪了，今年和雨天真是有缘，好几次采风活动都碰上了雨天。

白天还晴空万里，阳光普照，一夜之间就变了脸，哗啦啦的雨点跟着来凑热闹，一点也不友好，不给面子。

几天前约好的秦汉新城采风活动如期而至，伴随而来的还有雨姑娘的俏脸和娇姿，尽管它冒昧而来，大家依然情绪飞扬，笑声爽朗，并没有被它浇灭热情。

车子迎着风雨，驰骋在宽阔平坦的兰池大道上，视线开阔，风景优美，绿树成荫，芳草茵茵，鸟语花香的田园风光尽现眼前。在道路的右侧，一座造型别致的蓝色玻璃大楼矗立苍穹。高低有别，远远的活像一副眼镜，透过镜片看见的是3000年前那古老而辉煌的历史……

历史，曾在这里叱咤风云。滚滚沙尘，赫赫伟业，撑起帝国的豪迈，大秦霸业，缔造着曾经的先秦神奇。

南方才子北方将，陕西厚土埋皇上。在咸阳北原上，星罗棋布地排列着大大小小的帝王陵和陪葬墓 800 多处，“乐游原上清秋节，咸阳古道音尘绝，音尘绝。西风残照，汉家陵阙。”被誉为“中国金字塔”的汉家陵阙绵延雄踞于此。汉高祖长陵、汉惠帝安陵、汉景帝阳陵、汉武帝茂陵、汉昭帝平陵，还设置了五座供奉陵园的陵邑，被后世尊称为五陵原。

滔滔渭水，不分昼夜，带走了多少毁誉沉浮的英雄梦。

巍巍九嵕，伟岸轩举，凝聚着多少沧海桑田的乾坤情！

二

风依旧，雨依旧，热情依旧。透过车窗，那绿得耀眼的草地上，草儿长得更加欢快，摇头晃脑，随心所欲，连成一片，宛如铺在路边的一条碧绿碧绿的毯子；各色鲜花，芳菲争艳，互不相让，随风摇曳，婀娜多姿。在星河湾的门口，一身制服的保安，英姿飒爽，很体恤地给没有携带雨伞的老师们迅速地撑开雨伞，人性化的服务一下子冲进了每个人的心中，赞美之声不绝于耳。漆黑光亮的仿古铁门，古朴而庄重。小心翼翼地走着，脚下那古老而现代的青石古砖，既整齐又零乱地铺在绿茵茵的草地中间，厚重的沧桑中又透着惬意和温柔。湍湍的流水声自远处而来，让人急不可耐，不由得加紧脚步，啊，小桥流水，亭台楼阁，白墙黛瓦，金鱼游弋，水草萋萋，蝉声啾啾，池水碧绿，好一幅人间仙境图！如不是售楼小姐那温柔而甜蜜的声音在给大家介绍着星河湾现代而优美的环境，谁也不会想到，我们现在是身处渭水原上的秦汉新城之中。想着那遥远的秦皇汉武，他们尽管享尽了人间的荣华富贵，兰池宫、未央宫、美酒美女，但他们却怎样也想不到，秦汉新城人在这片历史曾经辉煌的古老的大地上创造出了新的时代，新时代里的现代化楼宇像历史的辉煌般不断线地拔地而起，中华文明在这里发出铿锵之声，秦汉新城在这片古老的大地上迅速地崛起。

在楼与楼之间，展现的尽是富贵和奢华，大片大片的绿化草地随处都是，红格登登的枫叶树一株绕着一株，纵成行，横成线，互相扶植而又各显英姿；鹅黄色的万年青黄灿灿的，经过雨水的滋润更加活力四射。雨水顺着树叶滴下来，变成了一串晶莹剔透的音符，弹奏着一曲曲优美而婉转的音乐；小草这时也格外卖力地显现着它的存在，在朦胧而清新的雨水中，穿上了一件缥缈的纱衣，把空气中混杂的尘土洗得清新洁净。大家的心情格外轻盈，随着售楼小姐的脚步缓缓地来到样板间中。

什么叫豪华，什么叫精致，什么叫靓丽，什么叫顶级，只要你来到秦汉新城，只要你来到星河湾，在这个装修得金碧辉煌的样板间里，一切都不用再解释，全部彰显得淋漓尽致。大得能罩住十多个平方的玻璃吊灯，晶莹剔透，稳稳地镶嵌在刷得粉嫩粉嫩的天花板上；餐桌是欧式奶白色的皇家御品，主卧里的红木家具古香古色，雕刻着龙凤呈祥等各种喜庆图案，就连超大的木质床头也是采用红木雕刻，金童玉女，栩栩如生。就连平日见多了豪华装饰的肖云儒老师也啧啧称赞这里的奢华和精美，80 平米的客厅，堪比一个世界宝物汇聚之地。听说，就那一套家庭影院的设备，都是从德国进口的；沙发从英国进口；墙上古老的摆钟是瑞士的；窗帘是法国的；瓷砖是景德镇的。我们围坐在肖老师的身边，听着售楼小姐的解说：楼高 3. 6 米，面积 275 平米，厨房、餐厅、客厅、卧室、卫生间，所有的家具和家电都一应俱全，可以拎包入住……

三

公元前350年，也就是秦孝公十二年，孝公自栎阳迁都咸阳，“奋六世之余烈，振长策而御宇内，吞二周而亡诸侯，履至尊而制六合，执敲扑以鞭笞天下，威振四海”，至秦王嬴政时，建立了历史上第一个多民族统一的封建帝国。这里，曾经金戈铁马，这里，曾经硝烟弥漫，这里，曾经歌舞升平，这里，曾经推杯换盏，这里，曾经血风腥雨，这里，曾经变法图强……但这一切的一切，都因项羽血屠咸阳，杀死秦王子婴，那一把三月不灭之火使秦王宫室烟消灰飞，嵯峨宫阙、六阵楼台沦为一片焦土，富丽堂皇的咸阳宫，高大雄伟的望夷宫，美人充之的仿六国宫室，这里作为秦国和秦王朝长达144年的政治生涯像天空中的一颗流星划过，留下的只是断垣残壁和那留给后人的无尽遐思。

汉高祖刘邦定都长安，这里曾是汉家的京畿之地和丝绸之路的第一站。这里又是汉家陵园的长眠之地。这里曾经演绎了无数悲欢离合的故事，“渭城朝雨浥轻尘，客舍青青柳色新。劝君更尽一杯酒，西出阳关无故人”的名句即出自于此。

不论是古老曾经辉煌的历史，还是现代日益蓬勃的文明化都市，都为今日的秦汉新城抒写着一曲曲动人的情歌。

西京医院的入住，星河湾的到来，宝丽格的落地，张裕葡萄酒庄园的引进，咸阳博物院的建设等等，都给秦汉新城注入了现代化的元素，飞速的建设为新城带来庞大的就业机会，光葡萄酒庄园就用了当地一万多名村民，使他们能在照顾家庭的同时挣到不菲的工资。以前，当地村民都是抛家舍子去外地打工，村里留下的尽是老人和孩子，老人无法照顾，孩子失于管教。自从 2008 年秦汉新城在此落成之后，周围所有人的生活就跟着发生了翻天覆地的变化。刘家沟是当时最穷最落后的村子，小伙子娶不到媳妇，姑娘们远嫁高飞。可是现在不同了，刘家沟村依托秦汉新城，家家办起了农家乐，户户都有小车洋房，水泥公路村村相通。

我们中午就餐的地方，就在刘家沟村的农家乐——秦王宫。

走进院子，首先映入眼帘的便是一大片竹林，翠绿翠绿地矗立在庭院当中。房子半边盖，白墙蓝瓦木格窗向一边伸出，黄灿灿的玉米辫子、红艳艳的辣椒串串、白生生的大蒜顺着墙皮吊到地上。走在屋檐下的回廊之间，青砖铺设的路面和头顶的蓝瓦相得益彰，互相呼应。招呼我们的大嫂，帕帕头上戴，上身着素而雅蓝白小花相间紧身上衣，下身穿深蓝色裤子，脚蹬黑色灯芯绒圆头布鞋，落落大方，招待热情，用纯正的当地方言招呼我们进屋。尽管大家已经饿得前心贴后背，但走廊之间的文化绘图却吸引着大家的眼球。

我看到的第一幅绘画便是“刘邦墓”，有图有解说，譬如，刘邦墓也叫长陵，长陵又名“长山”，位于陕西省咸阳市东约 20 公里的窑店镇东南角。一座汉白玉刘邦雕塑威武地站立在用青石古砖垒起的平台之上，两边是绿色掩映的苍劲古柏。依次排序的是秦始皇、吕雉、孝公迁都、汉阳陵、火烧咸阳、统一六国、求贤令、商鞅变法等等相关典故和图案。从此看来，这里不仅仅是一家农家乐饭店，更像是一座历史博物馆，它让人们在这里不但尝到了美食，更了解了秦汉博大精深的历史知识。

绿油油的姜汁菠菜、红艳艳的萝卜丝上点缀了几根绿生生的香菜，脆生生的自制绿豆芽，晶莹透亮的自制皮冻，飘着豆香味的自磨豆腐，筋道滑溜的农家穰皮，一大桌子红绿白搭配、颜色各异的农家菜肴已经整整齐齐地摆在圆桌之上，大家看着眼前的美食，色香味同时撞进心间，一个个如饿了三天的虎狼大口大口地吃着，嘴里还不住地赞美着这个好吃，那个味更美。农家大嫂告诉我们，今天餐桌上的所有食材，都是他们老板自家地里生产的，蔬菜水果面粉无一例外。我被惊住了，怎么可能呢，老板自已要经营农家乐，还能自己种菜种粮？可大嫂刚刚的确说得斩钉截铁。

“再来一盘凉皮！”白教授这时完全褪去了教授斯文的外衣，满嘴红油地朝大嫂喊着。

啥再来一盘，直接再来两三盘，太好吃了，油泼辣子黄瓜丝，水焓芥茉绿豆芽，拌在自家蒸制的穰皮子里，那简直就是天下最好吃的美食了，错过今天，到哪儿再去吃啊……

吃完饭，我一个人慢悠悠地来到院子当中，趁着雨歇的间隙，去看大嫂刚说的菜地。果然是一片黄瓜、西红柿、辣椒、茄子、豆角的天下。经过雨水的洗礼，长势正猛，玉米秆自豪地抱着它的两个正在抽穗的胖小子，嫩绿嫩绿的大葱正在随风摇曳，夸张地伸着脖子和旁边的小青菜交谈着，紫红色的甘蓝也来凑着热闹。

老板是一位三十出头的帅小伙子，他说他喜欢文学，在学校的时候就活跃在文学社里面。出墙报、办小报他都乐此不疲，学习成绩一直在年级名列前茅，可造化弄人，高考落榜，家里贫穷不能再让他补习一年，只能出外打工挣钱。开始在咸阳的建筑工地上给人家当小工，一天才三十块钱，但他从不偷懒，白天干活晚上看书。有一次工地上有领导来检查，老板让人从外边找一个文化人来给工地里写一些欢迎领导莅临检查的标语，工友们便向老板推荐了他，说他能写能画。开始老板还不相信，说他一个小工还有这本事，就抱着试试看的心态让他去写两下子。他不辱使命，没有给工友们丢脸，几个正正规规的黑体大字写得苍劲有力，横平竖直，于是老板就把他调进了办公室，专门为领导写材料。在办公室里，他又学会了看图纸。经过几年的历练，他有了一定的建筑经验和基础，于是就自己带领村子里一些年轻人组成建筑队，包一些其他工地上的小工程，一年，两年，三年……他有了自己的工程队，有了自己的建筑资质，他成了咸阳北原远近闻名的有钱人。

当听说秦汉新城要落户咸阳北原的时候，他立刻决定回家，为秦汉新城的建设做一些他该做的事情。接着，他带领刘家沟的村民日夜奋战在秦汉新城的工地上，为秦汉新城的崛起奉献着自己的智慧和青春。

秦汉新城带动周边村民快速地富裕起来，当地也成了周边人们节假日休闲娱乐的好去处。

农家乐应运而生，家家户户每到周末都游客爆满，但地沟油、毒蔬菜同时也上了游客的餐桌。他看着心急，心疼，便把建筑事业交给了本村的另一个村民去经营，自己则回家承包了村里的三十亩地，一边种植无公害蔬菜和粮食，一边经营农家乐。在他的农家乐里，处处都突现着汉秦文化，古老厚重的历史融合在新时代的氛围之中，庄严而婉约。他说，他要让来这里吃饭的人，了解历史，懂得文化，在历史的漫漫长河中，享受秦汉文化，让秦汉新城越走越远，再创辉煌……

栽下梧桐树，自有凤凰来

在这个炎热的七月天，一群来自全国各地的凤凰人，汇聚在古城西安。

一朝步入西安，一日读懂西安，一程一段史，一步一首诗，在这座历史与现代完美融合的城市，正如陕西省委宣传部副部长、省委网信办主任孙琳在“发现陕西之美——凤凰全媒体陕西行”启动仪式上的发言所说：“陕西，是一块神奇的土地，西安，是十三朝古都，历史文化悠久，不论是古代历史，还是当代历史，都留下了重重的痕迹，达到了封建社会登峰造极之势，特别是中国现代史，在陕西这片土地上，开花结果。红色革命圣地延安，更是奠定了中国的根基，从改革开放到西部大开发，再到一带一路，都走在历史的前沿。西安，既是古代丝绸之路的起点，也是现代丝绸之路的起点。大美陕西，需要凤凰人的发现和推动，用凤凰自己的语言、自己的镜头、自己的心声传出我们陕西人的声音，让它传遍祖国的大江南北和小城东西……”

“小荷才露尖尖角，早有蜻蜓立上头。”一群身着鹅黄色防晒衣的凤凰人，在浐灞生态区党工委书记杨六齐的带领下，来到了浐灞金融区中国银行客服中心的门口，宏伟的建筑具有特别的陕西风格，古朴而厚重、靓丽而简雅。大厅内，首先映入眼帘的是一簇翠绿翠绿的竹子，像是威武的士兵般矗立着，向凤凰人展示着它积极向上的生命力和虔诚虚心的意志力。美女讲解员精彩的讲解，使所有凤凰人都听得出神了。不远处传来潺潺的水声，原来是中心的大院里，一池绿水孕育着一片正在盛开的荷花，争先恐后地伸着它们粉嫩粉嫩的脸庞，向凤凰人展示着自己的清高及雅致。

2011 年的西安世园会，我作为一个西安人，因这样或那样的原因，没有亲自去参观，感觉很是遗憾。总想找个机会去世园会看看，正好，这个愿望在这次“发现陕西之美——凤凰全媒体行”中实现了。

焰焰烈火夏日中，浓浓热情走世园。占地 6270 亩，水域面积就占了 2820 亩之多，到处都有水的倩影。一潭绿水在阳光下照耀下，波光潋滟，有如银练般晃眼。芦苇、荷塘、栈桥、泉水、溪流、画庐、绿岛，围绕着长安塔，让凤凰人、也让我们这些西安人，如在画中游一般。

我喜欢荷花，对荷塘更感兴趣，喜欢莲花出淤泥而不染。看着荷塘，欣赏着池中那迎着烈日依旧盛开的荷花，我心中激荡，池中翠绿欲滴的荷叶，有的飘浮在水面上，有的端端正正地竖在叶茎上。

曲曲折折的荷塘上面，弥漫的全是翠绿翠绿的荷叶。离开水面很高的荷叶，像亭亭舞女的裙摆，正如一粒粒的明珠，又如碧天里的繁星，又如刚出浴的美人。

炎炎夏日，其他的花都害怕酷热，蜷缩成一团藏在叶子后边，唯独荷花，总是面对骄阳，照开不误，而且开得那么鲜艳，那么美丽！有的才展开了两三片花瓣儿，显得楚楚动人；有的张开了笑脸，显得热情洋溢；有的含苞待放，娇嫩含羞；有的开怀怒放，舒展潇洒；一朵朵坚强的荷花，出淤泥而不染，濯清涟而不妖，实乃花中之魁！

将身心置于荷花之中观赏池中荷花，粉的，粉得灿烂，白的，白得耀眼，红的，红得骄人。一朵朵一簇簇争奇斗艳，互相比试着自己璀璨的花容、婀娜的腰姿。荷花很是随和，要开就开得满池满塘，给人一种壮观的美，红的衬托着白的，白的又映照着粉的。

时间紧迫，观荷赏花的美好心情还没有从池塘里收回来，小火车却已开出很远。扭回头，想着那一池碧水，想着那朵朵荷花，想着那春秋时期的秦穆公因称霸西戎，将滋水改为灞水的雄霸伟业，想着那古长安曾八水相绕的美艳画面，我心飞扬，激荡不已。

一步一景的世园会公园，张扬了浐灞生态区无限的美，这尽善尽美的橄榄球已经向凤凰人抛出。有了这棵梧桐树，不信引不来金凤凰。

阎良相枣

我又一次来到了这个让我魂牵梦绕的地方——阎良。

上次是应阎良作协主席冉学东邀请，前来参加一个庆典活动；而此次，则是跟随西北大学作家班来这里采风。

每来一次，就有一次收获。

让我兴奋的是，这次来阎良遇上了好时节，阎良相枣正是花团锦簇、香气四溢的时候，在枣花飘香、月季芬芳的五月阎良，我与它相逢、相知、相识！

据说，阎良栽种相枣已有 2300 多年的历史。一代一代的阎良人传唱着从枣树叶子上飘出来的、从枣花花骨朵里开出来的美丽传说。

这些关于阎良相枣的传说太多太多了，枣花一直从先秦开到了明朝、清朝，而萦绕着枣花香的传说也传唱了几千年时月。但我最喜欢的还是阎良当地人口头絮叨不停地有关唐朝宰相房玄龄的故事：

传说，阎良关山一带曾经是唐朝宰相房玄龄的封地。

那几年，这一带遭受饥荒，粮食因天灾而颗粒无收，当地百姓便以村落院后的青枣充饥，且度灾荒。宰相房玄龄便动员大家广种枣树，来帮人们度过了一个个灾年。当地百姓为了纪念唐朝宰相“体察民情，为民办事”，特称此枣为“相枣”，以作纪念。相枣的名字便流传到今天。

还有一个说法是，唐开元年间，有一天唐玄宗李隆基携带着他的爱妃杨玉环由华阴行宫去富平，路过阎良关山镇南房村，顺便拜谒前朝宰相房玄龄的故居。房玄龄的后人便用刚摘下来的红枣招待当朝皇帝和他的爱妃，谁知这杨贵妃吃了一颗再吃一颗，还不停的用妩媚的眼睛娇嗔地看着李隆基，嘴角嗔一嗔，说：“好吃！还要!”房玄龄的后人就再去枣园给他们摘了一筐。两人吃得津津有味，赞不绝口。宰相房玄龄的后人知道了杨贵妃喜欢这儿的枣子，就在每年枣子成熟的季节，摘一些给皇帝送去。为了纪念宰相房玄龄，唐玄宗李隆基便把关山一带的红枣赐名为“相枣”。

相枣作为“贡品”流传了一千三百多年。这里有两千多年前栽植的枣树，如今仍然春华秋实。阎良相枣含糖量高，皮薄，肉厚，吃起来甜中带酸，品质极优，逢年过节是馈赠亲朋好友的佳品。朋友介绍说，相枣可谓枣中之冠，常食可延年益寿，返老还童，还可养胃生津，开胃健脾，养颜健体。故有“一日三枣，百岁不老”之美誉。

1995 年相枣获杨凌农博会后稷金像奖，1999 年被评为陕西省优质品种，2001 年通过陕西省林木良种审定委员会品种审定，2008 年获国家农业部地理标志认证。不得不说，相枣是阎良人的骄傲。

此行采风，恰逢细雨朦胧。我们一行二十多人撑着伞，踩着春泥，跟随东丁村村主任丁经森的脚步，来到一片被人们赞美为“灿若仙境”的相枣林。

雾雾蒙蒙，相枣林被神秘的面纱隐蔽在一片朦胧中。淅淅沥沥的雨点，打在我们的伞盖上，好像古老的枣树林和我们这群不速之客在神仙洞府中轻声诉说。悦耳而富有节奏。

丁主任说：“这片枣树林是我们关山相枣一张不用印刷的名片，每年枣子成熟的季节，都会吸引全国各地的客商和游客，从四面八方涌来关山，品美食、尝鲜果、赏风景、探古树……”

在枣树林中，矗着一棵千年皂角树，伟岸而神奇。它默默地屹立在枣树林中，似乎向人们轻诉着 2300 多年来的风云变幻和历史沧桑。古树足有两米粗，光阴在树干上用小刀刻出了一道道沟壑，就像老人脸上的皱纹一样，纵横交错。奇怪的是，树中间空洞洞的。关于这个空洞洞的千年皂角树，也有一个传说。传说在某一天晚上，古树自己唤来天火，对自己的躯干经过天火的熔化、煅烧洗礼，从而升华成仙树。令人惊奇的是，空洞了的树身周围枝叶茂盛，生机盎然，显示着强盛的生命力。村里的人只要有个磕磕绊绊或者不顺心的事情，都会来到老皂角仙树下面，系上红绸，燃两炷香，默默地祷告几句，祈求平安。

古老的枣树林排列在大道的两侧，如同精神飒爽的士兵威武神勇。翠绿的树叶碧玉般地挂在枝头，雨滴缀在它的身上，如水晶般晶莹剔透。米黄色的枣花点缀在绿叶丛中，似星星眨眼般可爱。细细的雨丝飘向枣树林，似一把细刷，冲刷着树身的尘埃，如甘甜的乳汁，孕育了丰腴的果实。树枝随着风摇曳如秀发少女般飘扬，空气中氤氲着一层薄雾，朦朦胧胧。远处飘来菩萨庙的钟声，铿锵而浑厚。

置身古老的枣树群，呼吸着枣花的香味，有如置身于蓬莱仙境般的美妙。

在古老的枣树林里，我伸出双手，让树枝间飘来的雨滴聚集在掌心，然后低头轻舐，忽然觉得这雨水是甜的，如同相枣那般甘美。

“天街小雨润如酥，草色遥看近却无。最是一年春好处，绝胜烟柳满皇。”韩愈的这首《初春小雨》，不正是此时此刻对枣树林的写照吗?

离开枣树林，我一步三回首。阎良啊阎良，你成全了这古老而现代的相枣，你也因相枣而名扬九州!

今非昔比山王村

我的家在峒峪村，舅舅家在山王村。小时候，我像织布梭子一般，经常穿梭于两个村子中间。

两个村子虽然相隔二里地，但是，中间恰恰有一片芦苇林，一片墓地。都是小孩子的忌讳。所以，恐惧和阴森给我留下了永远抹不去的印象。

路的东边是一片湿地，芦苇丛生，一种什么怪鸟在中间“死了死了”的叫个不停，每次走近芦苇园，阵阵微风吹得里面“呜呜”作响，所有的芦苇一齐向大路扑来，刚好压到我的头上，那个可怕的情景就可想而知了。

路的西边靠近长寿岭，是一溜儿乱葬坟，荆棘和蓑草高高低低隐藏在柏树中间，一堆堆黑压压的柏树，给人的感觉不是翠绿，而是压抑和阴森。

小时候，常常去外婆家，只要走到这里，就紧张起来，不由得撒腿就跑，一脚高一脚低，等到外婆家的时候，早已喘得上气不接下气。

如今，那一片芦苇林不复存在，代替它的是一排排的房屋和一字儿排开的十多个现代化农业塑料大棚，里边种植着有机无公害的草莓、圣女果和小乳瓜，常年四季供游客采摘和尝鲜。

2016 年油菜花灿烂的时节，应山王村领导之邀，我组织并带领全省各地八十多位作家和媒体人士，走进了我舅家的村子——山王村。一家的外甥，一村的外甥。山王村的人看见我这个“官外甥”来了，都喜呵呵地跟我打招呼，让座的让座，端水的端水，亲切之情让我感觉好像回娘家一样。可惜，我因为有任务，得招呼外地来的朋友，没顾上和我的舅舅们妗子们拉拉家常，只是急匆匆地点点头，就算回答他们。

舅舅们的村庄变化可大了，可以用翻天覆地来形容。

村庄离山很近。过去，人们靠养羊养牛赚点油盐酱醋零花钱。晴天，牛羊乱叫，鸡狗乱跑，一村的臭气，熏得人只能捂着鼻子通过。下雨天，村子里每一条街道都是泥泞不堪，行走艰难，两腿黄泥，满脚臭水，羊粪牛屎满街横流，整得人连下脚的地方都没有。大人骂天，小孩怨地。唉唉，那是个什么样的村庄啊！

还是那个山，还是那片地，还是那些朴实勤劳的庄稼人。如今，却没有怨恨的声音，听到的是欢声笑语，看到的是欣欣向荣。两年来，在镇政府和村两委会的带领下，人们的思想有了飞跃的变化，以前那种认为土地只能种谷产粮的旧思想，变成了土地还能生金蛋蛋的新思想。如今，在那曾经赖以养家糊口的土地里，种上了一畦一畦的油菜花，吸引着城里和周边的人来游览观光。

油菜花儿黄，麦苗青而绿。一片片翠绿，一簇簇金黄，把游客裹在其间。畅游在田间地头，粉的纱巾，红的衣裳，手拿花伞，眼戴墨镜，三个一堆，五个一摊，摆出各种各样的造型，露出娇妍妩媚的姿势。男人，女人，大人，孩子，一个个脸上荡漾着幸福欢快的笑容。各色服装，在这里形成了一个时装展览的 T 台；南腔北调，在这里汇成了一个语言的小世界。

“要赏油菜花，不再去汉中”。最近两年，这句话成了蓝田玉山镇山王村人的口头禅。清明前后，在蓝田县玉山镇，到处都是黄灿灿的金毯子，若要数油菜花种植面积最大的地方，山王村算是第一。只要走近山王村，满世界的油菜花直愣愣地撞进你的眼帘，让你目不暇接。娇嫩的油菜花，每天都充满朝气和金黄，泰然自若、亭亭玉立，静静地等待着游人到来，“黄萼”托着薄薄的花瓣，盛开在田野，骄傲地描绘着靓丽无比的春天。带有芬芳气息的花香味，飘散在空气中，使整个山王村清香弥漫。杏花已经凋谢，桃花也将失色，油菜花不失时机的恣意绽放，填补了花的季节。蜜蜂飞来了，嗡嗡嘤嘤，把娇艳的花朵儿亲吻；花朵儿翘首弄姿，让蜜蜂尽情飞舞。蜜的河流，就要在花朵与蜜蜂的共同努力下，流向山王人家甜蜜的梦境里。

“儿童急走追黄蝶，飞入菜花无处寻。”站在田野，放眼望去，那盛开的油菜花，浩浩荡荡，波澜壮阔，犹如千军万马在天际奔腾。我不由自主地走进这花的海洋，芬芳沁入我的心脾，金黄遮盖了我的眼帘，我就像一片坠入花丛的白云，渐渐地融入这金色的花海。生命在升华，心灵倍纯洁。抬头望天，天空湛蓝，云朵洁白。蓝天、白云、黄花、绿叶、红土地，呀呀，绘成了一幅“人间最美四月天”精美绝伦的天然油画。

大人小孩一起激动在春风下，一起陶醉在油菜花的海洋里。

我醉在了花丛中。

一瞬间，我清醒了——我有任务，我要招待所有前来观赏的朋友。我不能贪恋花的美色，让摇曳、飘荡、诱人的金黄俘虏了我。我必须走出花海，离开温柔和曼妙，去贴近每一位贵宾，拿起我的相机，给他们拍照，让他们留下每一个难忘的瞬间。

看着一个个笑得像花一样的脸庞，我的心也灿烂得像油菜花一样甜蜜；看着一个个像天仙般的身姿，我的身体也轻快地飘浮起来。

昔日的山王村，虽然落后贫穷，但那里有我的外婆，有我的舅舅，也有我的童年——我爱它！

如今的山王村，站在改革的潮头浪尖上，人们开始富裕欢乐，我庆幸我的亲人和朋友，踏着甜蜜的河流，奔在中国梦的征途上。

风景如画的山王村，您，何时走出陕西？何时走遍全中国？何时让那高鼻子蓝眼睛的外国佬也流连徜徉其中呢？我期待着，我相信这一天很快就要到来……

一轮明月映秦岭

生活你我他

远去的雪茄

——悼念陈忠实先生

一部《白鹿原》，让陈忠实叔叔红遍了整个中国文坛，让他站在了中国文坛的最顶峰。然而，和他相好将近四十个年头的父亲，从此后再很少主动联系陈忠实叔叔。但关于陈叔叔的所有信息，他都在随时关注着，特别听说陈叔叔病了以后的日子里，时不时地就向我打听陈叔叔的病情如何。

上世纪70年代，父亲虽然在农村劳动，但他们两人在文学事业上结成了很要好的朋友。你来我往，书信不断，莫逆之交。陈叔叔的好多短篇和几个中篇就是在父亲的帮助下，于蓝田乡村完成的。

80年代末期，我一家人在渭南经营饮食业，父亲和渭南作协主席李康美一块儿邀请陈忠实叔叔去渭南采风，顺便去我们的小吃部品尝蓝田名小吃葱花油饼。陈叔叔吃上瘾了，以后经常惦记，要吃。只要提起我们的小吃部，他就会赞不绝口地夸奖永远忘记不了的葱花油饼。

1990 年，父亲从渭南回到了老家玉山，在镇上开了个当时最高档的酒店——蓝川酒家。开业的时候，邀请了文学界所有的朋友，陈忠实叔叔也在被请之列。记得那天，父亲分给我的任务是“接站”，我一大早就去了，一趟又一趟，总是不见陈叔叔的影子。我的肚子饿得咕咕叫，心想回饭店吃点东西再来。可是，偏偏就在我离开车站的时候，他下了车。穿一件蓝色中山装，着一袭黑色制服裤子，那时，他的头发还很茂密，手里夹着一根雪茄，背个黑色帆布包包，里边鼓鼓囊囊的不知道都装了些啥东西。走进酒店大门，没和任何人打招呼，一个人直接上了二楼的雅间里，转转看看，然后又下到饭厅找父亲。父亲刚说要领他去二楼办公室，渭南的李康美叔叔也来了，三个人见面，热情地抱在了一起。陈叔叔说：“让我和康美先给你的酒店写幅字挂上，两张宣纸，算是贺礼，你没意见吧。”

“蓝水远从千涧落，玉山高并两峰寒”，一幅苍劲有力、瘦长细俏的书法作品挂在了“蓝川酒家”一楼雅室的墙上。李康美叔叔的“沧海月明珠有泪，蓝田日暖玉生烟”，挂在了二楼雅室。以后，这两间雅室便成了父亲专门接待文学界朋友的房间。

这个夜晚，陈忠实叔叔和李康美叔叔与父亲三人挤在我家新落成的“别墅”里，钻一个被筒，聊了整整一夜，陈叔叔的雪茄把房子弄得烟雾缭绕，整得父亲和康美叔叔咳嗽了整整一夜……

二十多年前，我在作协院子办了个复印打字部，正好和陈叔叔的办公室是面对面，所以，来往就比以前更密切了。只要他来上班，我都能见到他。他也经常来我的打字部打印他写的稿子。他把我不当外人，简直就像对待自己的女儿那样。每次来，他都会问起我的父亲：“女子，你爸最近弄啥呢，咋老见不着人呢?”我当然不能说出父亲避着不见他的原因。记得有一天，他来打字部说：“女子，回去给你妈说，明天给叔擀碗黏面，再烙上个葱花饼，我想去你屋咥面哩。”

第二天，他果然来了。刚一进门，就说：“兴盛哥，你才是个万货，别人都没有避我，你反而避我，咱俩好了这二十多年，我的《四妹子》和《蓝袍先生》都是吃你家的葱花饼和油泼面写出来的，你扭捏啥呢！行，你不找我，我来找你。今天还就不走了，咥嫂子的黏面。”

陈叔叔一边说，一边坐到饭桌旁，毫不客气地拿起一块葱花饼就吃起来，边吃边说：“嫂子，这葱花油饼的味道还没变，跟在渭南时一模一样，香!”母亲说：“香了你就常来。”

说实话，陈叔叔以后经常来，每次都把作协大院的作家们带七八个过来。牛肉、啤酒是他们自己带来的，每次就吃我家几两饺子、几块葱花油饼。吃罢饭，又是雪茄冒烟，熏一屋子人。

又有一天，陈叔叔来说要吃糊汤——包谷糁。他问：“有浆水菜吗？晚上咥一碗稠糊汤。”

母亲常年四季窝的有酸黄菜，当然满足了他的口福。

一碗黏面，一块葱花饼，一碟浆水菜，一碗包谷糁，继续了陈叔叔和父亲几十年的友情。

2011 年，我出第一本散文集的时候，很胆怯地把样稿拿给陈叔叔看，并且说：“叔啊，我爸的第一本长篇小说《女人啊女人》是您给写的序，《文学这个魔鬼》让这本书走遍大江南北，现在我的第一本散文集，也想让您写个序。”

我怯怯地把样稿递给他，他接在手里说：“哎啊，你这个女子，咋也写起文章来了！你爸从来都没给我提说过。”

他一边翻着我的样书，一边说：“让叔先看看，看看再说。不过，叔真的不能给你写序，让你爸给你写，那才有意思，他如今也是有名的作家了。不写序，叔给你写幅字，表示祝贺，鼓励鼓励嘛。”

第二天一大早，他打来电话，叫我到他的办公室去。平时都是站在门口喊一嗓子的事，今天却特意打电话让我过去，我觉得有点奇怪，等到他的办公室一看，好天啊，地上摆满了他为我写的书法作品，其中有为我的散文集《太白烟雾》写的藏头诗书法作品。他让我在里边挑一幅，我一激动，就说："叔啊，都好。"

他一笑说："你觉得好，那就都拿走。"

那天，我从陈叔叔的办公室一共拿走了五幅书法作品。忆往昔，十四五年下来，我不知从他那里白白拿了多少书法作品。有一次我和他两人闲谈，我说："叔啊，我从你那里白拿的墨宝，恐怕有三四十幅了，值不少钱哩。"

陈叔叔笑着说："叔那不是书法，是毛笔字，毛笔字又不值钱呵。"

2014 年，我的长篇小说写好后，又一次拿着样稿来到陈叔叔家里，再一次让他给我写序。他笑一笑说："你先放到叔这儿，让叔看看，不过，叔早就说过了，以后再也不给任何人写序了，叔把你的小说看了以后，给你写几句话，也算是对你的鼓励和支持吧。"

半个月后，我收到陈叔叔给我小说写的短信：

“孙亚玲是我好友孙兴盛的女儿，有其父亲的写作引导，其创作潜力与实力正在日益显现，即将出版的长篇小说便令我刮目相看。这部写给儿童阅读的长篇小说就带有强烈的时代特征、浓烈的生活气息与典型的儿童阅读情趣，起伏、曲折的情节里有着清晰的故事脉络和清新的人物造型，引人入胜又让人回味无穷。这样的小说出自一个年轻的女作家之手不是偶然的，其独特的小说风貌与创作底蕴令我有兴趣、有信心阅读，事实上我阅读得很愉快，可以说没有障碍。基于我个人的阅读体验，这部小说应该能够受到儿童以及儿童家长的喜爱。我说这些话是真心的，也是对亚玲女儿寄以厚望的，并不是因为和他父亲的友情我才这样说的。不过，我还是要对亚玲说：虽然你的小说写得很好，但是语言还需要再提高，再精练，希望你以后多读书，多看看大师的小说，多学习别人小说的故事逻辑和情节安排。”

短信不短，句句都是勉励的话，让我备感亲切。

几天之后，父亲来作协看我，无意中碰到了陈叔叔。陈叔叔邀父亲到他的办公室坐坐。

“老哥啊，你真有福，比我强。”陈叔叔喷一口雪茄的浓烟，说，“你现在后继有人了，女承父业！你看，我就不如你，三个娃没有一个搞创作的。”

父亲憨憨一笑说：“如果有培养的前途，你以后就多给娃指点指点。”

时间如白驹过隙，往事真如烟，昨天的一言一行还在脑子里萦绕，忽然就得到了他仙逝的消息。噩耗传来，我还在汉中，忽然就泪水盈眶。我必须立即赶回西安，做一个女儿和文学后辈应该做的事情。坐在车里，泪水像断了线的珠子，擦也擦不干。满脑子全是他坐在办公桌前，嘴里叼着四棱黑色雪茄，烟雾缭绕，仰起头静静地思考，背后是全国各地作者寄给他的书籍。满脸沧桑纵横交错的皱纹里写满了坚毅与平和。

当我和父亲一起跪在陈忠实叔叔灵堂前，看着桌上摆放的遗像，他那熟悉的笑容和睿智的眼神，我俩忽然全都泪如雨下，双眼迷离。阿姨拉起我说：“亚玲，别哭了，不用难过，你叔走得安心着呢，不再受罪了……”是啊，不再痛苦，不再受罪，天堂没有疼痛。天堂多了一位慈祥的老人。

叔啊，您一路走好！愿天堂里的您，还会和以前一样，教诲我，指导我……

无法兑现的约定

——悼念红柯先生

2018年正月初九，人们还沉浸在新年的余热中，谁也不曾料到，手机微信朋友圈的一条消息让整个文学界震动了，陕西省作家协会副主席红柯老师去世了。

太突然了，晴天霹雳，一声惊雷，让人猝不及防，我也被这条消息震蒙了。死活都不敢相信，我以为这次又是某个人为了炒作而导演的恶作剧。多年来，各种虚假新闻满天飞，多少人都“被死亡”过，甚至连灵堂照片都有。红柯老师，年仅56岁，怎么会乍然离我们而去呢？我真希望这又是一次恶作剧。

尚在年前腊月，他还在为新书《太阳深处的火焰》做新书分享会，这才时隔不到两个月的时间，他咋会匆匆的走了。我心慌、郁闷，坐在床上如坐在锋芒之上，无论如何也坐不住，准备给和他同在陕师大文学院工作的朱鸿老师打电话证明消息的真假，但一看时间，八点不到，又不得不停下来，在屋里来回地踱着步子。

往事犹如昨天般在脑海浮现。2016 年 4 月 16 日，我作为陕西省第二届青年作家高研班的学生，坐在久违了的西北大学教室里，听红柯老师给我们讲《文学的思想》。当时他讲：一个作家对文化要有一种贪婪的思想，要对所有事物具有很强的好奇性和独特性，作家的思想就是自己的独特性，要想写一篇成功的作品，必须具备和别人不一样的差异性。就如您在新疆时写陕西的八百里秦川，回到陕西后又写天山写新疆的茫茫戈壁。您还说：一个成功的作家，必须具有超前的思想性和预见性，就如莫言写《丰乳肥臀》一样……您讲课时的一言一行、一笑一怒都如昨天般历历在目，可现实中我们却天各一方，黄泉永隔，永远别离了。红柯老师，您走得太快了 ，也太着急了，您难道忘了，我们之间还有一个约定吗？

上课时，我坐在第二排，听得认真、专注，那是因为您讲得投入、生动、幽默、传神。您说：作家在搜集素材时，就要像饿极了的小孩啃一块带着肥肉的骨头般那样仔细，所有的缝隙都要找到，捋一遍，越是藏得深的，越是精华，越是骨髓。您歪着头，手里拿着一根粉笔，上下牙齿错开，张着嘴，做啃骨头状，既形象又调皮，活脱脱一个馋嘴小儿般可爱。您还说：人生，既然选择了做一个作家，就要对自己残酷点，要求高一些，既要耐得住寂寞，又要守得了清贫，只有守住这些，你才能抵挡住当今社会物欲横流的俗心和俗气，才能炼狱出涅槃，写出好的作品。可是，老师啊，您对自己也太残酷了，残酷得夜以继日地写作而过早地消耗了身体，残酷得腾不出一丁点的时间为自己置一身新衣服。一条洗得发白的牛仔裤，一件款式老得掉牙的夹克衫和一双很久未曾上油的黑色皮鞋，硬是穿在一个著名作家、文学教授的身上，头发稀落得露出了头皮，四周灰白灰白的卷曲着爹在头上也腾不出时间去焗油。可是，就这身装扮并未影响您神采飞扬地给学生们讲授现代文学和艺术思想。

那天，当您讲到每个作家都会在写作的某个时间段遇到瓶颈，我突然一机灵，瓶颈，写作瓶颈，正是我目前写作的现状，我可是真正的遇到了写作的瓶颈啊。35 万字的长篇流浪儿童题材小说只剩下了区区的 6000 字，一年多来硬是写不下去。我一下子如得到了灵丹妙药般亢奋，紧紧地盯着您，希望从您的教学中得到答案，解除我的困惑。

估计是当时我的表情和神态太狰狞了吧，您慢慢地走下讲台，缓缓地走到我跟前，敲着桌子说："小孙同学，你有问题，一会儿可以提问。"我激动啊，真恨不得立刻就能和您沟通探讨。迷迷糊糊、糊里糊涂、急不可待地等到了提问时间，您第一个让我提问，当我一口气把想问的问题全部抛给您时，您本来就小的眼睛这时更是眯得像一条缝，一边点头一边认真地听着："兄弟两个从老家扒煤车来秦都城找爸爸无果，为了生存不得不加入到流浪儿童行列，半年时间历尽磨难也没有找到……作为一个作家，写文章要有新意、有创意、有自己的风格和个性，不要写成大团圆，千篇一律，如果你的这部儿童题材小说结尾也写成最终他们如愿以偿地找到爸爸的话，那你的这部长篇小说就失败了。"您自言自语般的喃喃低语一下子点醒了我，使我醍醐灌顶般突然有了写作方向，有了思想，有了一个巧妙的结尾。

我坐在那里，激动得连下课铃声都没有听到，同学们都在和您合影留念，我傻傻地坐在座位上，想着我的小说，想着我的流浪儿，想着您刚才讲的"作品必须有灵魂"。"流浪儿，你不来和我照张像?"您指着我大声地问。您的那句"流浪儿"，使我灵醒过来，我收拾好笔记本，走到您面前，郑重其事地给您说道："谢谢杨老师，今天我就不照了，等我的小说出版了，我拿着书再来和您照像。"您伸出大拇指，给了我一个坚定有力的赞。可是，老师啊，我的小说马上就要出版了，您却等不及了，匆匆地走了，走得是那样的匆忙，那样的着急。

您走了，我们的约定，可怎样去兑现啊？这岂不是成了一个永远无法兑现的约定？

杨老师，您的人生路走得真是太快了，希望您在天堂路上走得从容一点，走得悠闲一点。

在高建群家做客

高建群老师的长篇小说《统万城》近期在《西安晚报》连载，我简直阅读上瘾了，所以每天起床第一件事，就是下楼取当天的报纸。

4 月中旬的一个下午，我和父亲来到位于桃园路锦园小区高建群老师的“高看一眼工作室”。当高老师打开房门的一刹那，我惊讶得“啊”了一声：门口站着一位高老师，屋内墙边还站着一位高老师！高老师可能是看出了我的疑虑，便笑呵呵地说：“傻眼了吧，门口这个‘我’是原装的，里边的那位‘山寨’版是美院院长给我的画像。”

跟着高老师径直来到画像前，仔细地审视一番：眼神好亲切，笑容好腼腆，神态好逼真，栩栩如生！哎呀呀，好一个活生生的高老师“真人”站在那里，向所有来他工作室拜访的文朋诗友在第一时间打着招呼。

我除了惊讶便是惊叹了。

高老师的工作室好像一个浓缩了的博物馆，里面有不知经历了多少年代的瓦罐陶盆，有色彩缤纷的绝妙绘画，有装裱精美的名家书法作品，有古香古色的原木根雕茶几和椅子，更有铜钉布满腰身的朱红漆色大鼓，大鼓周围摆着四个和大鼓一模一样缩小版的镂空圆凳。

当高老师把我和父亲让到大鼓前坐下来喝茶时，我又一次看到到了惊奇：此大鼓非彼大鼓也——大鼓鼓面是一个玻璃茶几台面，台面下居然养着红色和黑色的小金鱼，鼓肚子里的水面上飘浮着绿色的水草和吐着泡泡的水礁石，小鱼悠闲地在大鼓肚子里互相追逐着，一会儿上一会儿下，一会儿两个好得互相“亲嘴示爱”，一会儿又“翻脸不认人”打起仗来，互相用尾巴一下一下抽着对方。我们在台面上放下了两只茶杯，鱼儿们看到了，一下子欢实地都聚了过来，齐刷刷地用小嘴隔着玻璃台面拱着茶几上的茶杯，我忽然觉得茶杯底儿长了许多胡须。当我们端起茶杯时，鱼儿们又呼地一下四散游开。此时，我不知为什么突然间有一种感觉，不羡神仙却羡起这些小鱼的悠闲自在来了。

我略带矜持地问高老师：“您，平时有烦恼吗?”高老师笑呵呵地说：“只要生活在这大千世界中，就不可能没有烦恼。但是，只要正确对待，把一切功名和利禄看淡些，一切看做过眼烟云，心无旁骛，烦恼自然就会离你而去。

曾经有位大师告诉我说：人的一生，总是难免有浮沉。不会永远如旭日东升，也不会永远痛苦潦倒。反复地一浮一沉，对于一个人来说，正是修行的过程，正是磨练的过程。如果这样看待事物，浮在上面的人，不必骄傲；沉在底下的人，也用不着悲观。没事时，我喜欢坐在鱼缸前，逗小鱼玩耍，小鱼逗我开心，时间长了，我和小鱼便成了最好的朋友。”

我们三个人，天南海北地聊着，当我聊到前几天因害怕看不到报纸上连载的他的长篇小说《统万城》，而不愿意出差时，高老师忽地一下站了起来，说：“看你这娃瓜的，那你给叔打个电话，叔送你一本书不就对了，工作要紧！”高老师一边说着，一边向书柜走去，从里边抽出一本《统万城》，坐到书桌前拿起毛笔，签了名后送给我。我一边双手接书，一边连声说着道谢的话，然后很不好意思地说：“我知道，您的书都是自己掏钱买的，出版社每次给作者的书都很少，所以我不敢打电话向您要啊。”

“以往的确如此，不过，这次叔豁出去了，买了它二百本，专门送朋友，你的这本就是二百分之一。”当我问他这本书多少钱要付给他时，高老师一下子急了，说：“要买去新华书店，我这里不卖，把书还给我。”我也急了，赶忙把书藏到身后，红着脸说：“我不给钱还不行吗？送给我了就是我的，您大人不能跟小孩计较嘛！您……”听了我说的话，高老师的脸又笑成了一朵花：“贼女子，就是会说话。”

父亲和高老师回到了鱼缸前，我则在高老师的工作室里转来转去欣赏着墙上的字画。在高老师的画案旁边墙壁上，挂着他画的一幅画，祥云蒲团上坐着一位闭目禅师，双手合十，面前放着香炉，香炉里燃着三炷香。禅师的对面是巍峨的大山，群山起伏，层峦叠嶂，沟壑纵横。远远的山顶上隐隐地露出了寺庙的屋脊和寺塔的尖顶。禅师诵经悟道，大山氤氲灵气。在禅师的背后，仍然是一座紧挨一座的大山，山连山，峰挨峰，一直绵延至远得看不见的天边边。大山承载着世上的万物生灵，包括大树小草、飞鸟走兽。在山的最高处，几束桃花从山后倔犟地伸出头来，迎风摇曳着身姿……

大概是我看得太专注了，以至于高老师和我父亲啥时候站到我身后我都浑然不知。高老师还是一脸慈祥的笑，说：“喜欢吗?”我转过身点着头说：“太喜欢了，超喜欢啊。”

高老师蓦地脱掉外套，挽起袖子，走到画案前，说：“你父亲和我是多年的老朋友，看到你们父女两代作家，我很高兴。今天，就给你写一幅字，给你父亲画一幅和这幅同样的画，送给你们。不过，我是有条件的，以后，你们父女必须勤来和我谝闲传，谈小说论散文，聊诗词说评论……”

铺开宣纸，压上镇纸的玉石，饱蘸墨汁，只见高老师右手握笔，左手还在一个字一个字的扳着指头数着算着，扬起头眨眨眼想了一会儿，便很潇洒地在纸上挥毫舞墨——“此心平静如流水，放眼高空看过云”一挥而就，中间没有停顿，一气呵成。太神奇了！

把字挂在墙上干墨时，高老师和我们共同欣赏着这幅杰作。他侧楞着头对我说：“现在的年轻人都心浮气躁，叔今天给你写这幅字，就是希望你以后如果心情沉闷浮躁时，看看叔送给你的这幅字，就平和下来。”我说：“我听您的，以后这幅字就是我的一面镜子，每天早晨我都照照它。”

写完字，高老师没有休息，又来到画案前，铺开宣纸，戴上眼镜，两腿分开，半个身子趴在案子上，用又细又小的毛笔在宣纸上先画了一个半圆，然后又一笔勾勒出一个侧着脸的人头轮廓，再是身子，一笔一笔慢慢地勾着，慢慢地画着：一位双手合十、闭目诵经、披着袈裟、坐在祥云蒲团上的禅师，一点一点地浮出了纸面。高老师画得很仔细，很投入，远处的山、近处的草、悬空的雾、山顶的花，一笔一笔地描着，一点一点地涂着。我和父亲站在旁边，大气不敢出，小气不敢喘，一动不动，静静地看着，生怕我们无意中的一丝声响，会影响高老师专注的神情，会惊动画面上默默诵经的禅师……

四十多分钟过后，高老师才抬起头，吁了口气，直了直腰，接过我递给他的毛巾，擦了擦头上的汗水，说："我感觉到了，今天的这幅画，比墙上我原来那幅更逼真、更有灵气。哎，你说呢?"说完，高老师放下手中的画笔，拿起一支更小更细的毛笔，在空白处题上了唐伯虎的《桃花庵歌》："世人笑我太疯癫，我笑他人看不穿。不见五陵豪杰墓，无花无酒锄作田。"

有了刚才说买书的教训，这次，我再也不敢说润笔费之类的话了。看着刚刚画好挂在墙上的画，我既钦羡又激动，于是毕恭毕敬地说："高老师，今天我们父女俩的待遇的确是太高了，甚至已超标了，超了很多，真不知道该怎样感谢您老呢!"高老师还是那一脸亲切的笑容说："你这贼女子！还要感谢叔啊，好啊，那就去帮叔把砚台和毛笔洗干净。"

我立即拿着砚台和毛笔走进洗漱间。

当我从洗漱间出来时，高老师点燃了一支烟，和父亲两人并排站在画案边的窗户下，欣赏着刚刚绘成的新作。他双手交叉抱在胸前，右手的食指和中指间夹着香烟，烟圈袅袅升起，弥漫在他的眼前。他一边欣赏着，一边还不住地赞叹："精品，精品!"

在高老师的工作室里，我和父亲从太阳正中，一直待到了夕阳西下……

姜国兴和他的泥塑馆

上午在蓝田县作家协会听了作家赵熙、王芳闻两位老师的文学讲座，下午便驱车到蓝田县元君庙村参观“蓝田县姜国兴传统泥塑馆”。

正值清明时节，阳光和煦，春意盎然，绵绵的春风吹在脸上，真的很惬意。路边的麦苗正是泛青，绿油油的，似有疯长之势；金黄的油菜花开得正艳，一簇簇一株株一堆堆紧密相抱，一片又一片，片片相连，好似一帘帘金色的毯子吊在空中；桃花争妍，正是盛开的季节，粉嘟嘟娇艳艳挤挤挨挨地挂在枝头，惹得人满眼春色。

我和王老师同为女性，自然爱美，看着自然界展示给人们的这一幅幅艺术佳作，便不由自主地停下车，在路边和桃花、油菜花来个零距离亲近，攀一枝在手，脸面前一晃荡，留下靓丽的倩影。一千多年前崔护那“人面桃花相映红”的情景又一次出现在我俩面前。

元君庙村距蓝田猿人遗址公王岭不到两公里，抬眼望，那古朴的遗址纪念亭与这泥塑馆，遥相呼应，互相诉说着蓝田这古老而文明的历史。

雕塑馆恰好在公路边，设在元君庙村老姜家坐北向南的小院中。当我们的小车停在雕塑馆门前时，发现姜馆长的父亲姜老先生早早地就在大门前等着我们，见到我们，一一握手，并亲切地问候，接着直接把我们领进了展览室。

虽是农家小院，却设有四个展室，大大小小的泥塑作品密密麻麻摆满了所有的空间，将中国古代的历史文化以及具有重大影响的历史人物分类排列，上自三皇五帝，下至百姓人家，用“琳琅满目、栩栩如生”来形容绝不过外。不说别的，单就“四大名著”而言，第一展室就集中地陈列着《三国演义》《西游记》《红楼梦》《水浒》四本著作中人物的雕塑，一面墙壁陈列一部作品中主要人物，按东南西北四个方面分列着。

东边，《三国演义》中周郎和诸葛亮、刘备和曹操……这些三国人物济济一堂。所有人物塑像之间相距不到 15 公分，大人物小人物并排站着，此时，没有了三国之争，没有了兵戎相向，没有了咚咚锵锵干戈相搏的响声。张飞双目怒睁，胡子飞翘，一脚站立，一脚腾空；关羽一手抚须，一手拿着偃月刀，眼睛半睁半闭，一副沉思之状……

《西游记》人物塑像排在靠南边的墙上。唐僧孙悟空师徒紧紧相挨，披着袈裟的唐僧双目微闭，双手合十，眉毛一根一根的，两腿相盘坐在蒲团之上，腰板挺得直直的，脸上挂着慈善的微笑；妖魔鬼怪在这里也失去了嚣张的气焰，白骨精模样很俏，那种风情万种的艳笑被雕塑得惟妙惟肖，一副逼真的双眼皮、狐媚眼，从哪个方位看去都有点妖气勾人的感觉；扇着两个大耳朵、腆着大肚皮的猪八戒懒散地躺在地上，二郎腿跷着，九齿钉耙枕在头下，嘴巴似张似合，好像还在呢喃着他常常挂在嘴角的口头禅："师傅都不见了，散伙算了，我回我的高老庄了。"

向右一拐，西墙上《红楼梦》中的金陵十二钗个个俊俏：王熙凤露出一副泼辣形象，丹凤眼活灵活现；贾宝玉、林黛玉，还有那撕了纸扇的丫头晴雯，这一个个造型逼真的泥塑，吸引得王芳闻老师不断地要在雕塑前照相留念。

我最感兴趣的是《水浒》中的宋江，侧着头，斯斯文文地披着毛毛斗篷；武松骑在老虎身上，一只手摁住虎头，一只拳头紧握，高高地举在空中；潘金莲头戴金簪，发髻一丝一丝梳得齐整，盘在脑后，眼送秋波。我忽然猜想：她是不是在期盼着什么？

我问姜老先生，如此众多之人物，怎么能塑得这般逼真形象又栩栩如生呢？他回答我，国兴从小酷爱文学，如今也是一个被“文学这个魔鬼”缠住的人。至于四大名著，每一部，他都读过 10 多遍，对书中每一个事件的周围环境及每一个人的性格、品行、语言、动作，都经过反反复复的分析，认认真真的琢磨。对每一个人物的造型，他都要制作十多个模板，放在一起对照、比较，直到认为最能表达这个人、最适于体现这个人，才最后定型。直至现在，他还在一边辛劳地经营着他的雕塑馆，一边辛勤地耕耘着文学这块圣地。我在心里说：“姜国兴虽然辛苦，但他快乐着！”

转了个弯，我们来到第四展室，仅仅九个平方米左右，隐蔽在院子一个不很显眼的角落，但它却集中地展现了关中古老的民俗文化。其中“陕西八大怪”在这里一溜儿排着。当我看到“帕帕头上戴”和“面条像裤带”的那两个雕塑，觉得特别眼熟，似曾相识，好像在哪里见过。正在狐疑，姜老先生告诉我，大雁塔南广场塑的八大怪，其中有两怪就是出自姜国兴之手。我恍然明白了对那两怪“眼熟”的原因。我曾不止一次地带外地朋友到南广场游玩，也曾不止一次地向外地朋友介绍陕西的风土人情、民风民俗，但我却没有想到，一个普普通通的农民朋友姜国兴，却比我更懂得陕西的乡音、乡土、乡情以及民俗文化。

陈忠实、贾平凹、肖云儒等文学大家以及外国友人都曾来这里参观，并且留下了珍贵的墨宝。姜国兴的父亲看到我们一行也是“文化人”，就在院中摆好了笔墨纸砚，要我们题词，正好同行的作家赵熙老师是陕西文学界提笔挥毫的精英，哗哗哗三两笔给泥塑馆留下了两幅珍贵的作品。

夕阳西下，一抹血红洒在天际。我们走出雕塑馆，望着远处的山、近处的灞河，回头再看一眼雕塑馆门前女娲伏羲的造像，我就想，一个热爱文学的艺术家，把古老的历史文化和现代文明用泥塑融合在一起，给人带来一种艺术的美，还有美的享受，这种精神是多么的宝贵啊！我们这些曾经欣赏过他的作品的人，是不是应该向他学习点什么呢？

长安鱼头薛涛

认识鱼头是在一次朋友的聚会上，当东道主孙总让每个人做自我介绍时，他说："长安鱼头。"我听了很是诧异：鱼头？怎么会有这样的名字？不过，鱼头，真像，名副其实：圆头，圆脸，圆眼，更重要的是嘴圆。

从那一刻起，我一直都在注意他的那颗"鱼头"，说话不紧不慢，不温不火，一口渭北腔说得很是地道，标准的渭北汉子。喝酒一点都不含糊，逢酒必喝，不管是任何人以任何名堂敬上来的，碰杯的、赞赏的，他都是头一扬，咕嘟一下，灌进喉咙，再把酒杯底朝天地让大家看看，一滴不剩，不留"养鱼"的酒。心想，这人豪爽，是个性情中人。

其他人都敬酒完后，我一改往日吃饭不敬酒的坏习惯，凑个热闹，给鱼头端了一杯酒。还未等我开口，他便站起来，把自己面前的酒喝了，笑眯眯地说："我还是自觉地喝吧，免得你这个文人开口，说上一大堆词语，不喝三杯，你饶不了我。”他这一招，把我给震蒙了，一时半会儿还真不知道说什么了，只能端起酒杯灌到自己肚里。心想，果然是一条“鱼”，滑得你连下手的机会都没有。

酒足饭饱，孙总让餐厅老板铺开宣纸，调好颜料，摆开阵势，鱼头便被大家请到画案，给每位到场的朋友现场画幅“鱼”图。

鱼头，体态有点偏胖，如条花鲢般站在案前，左手抚纸，右手握笔，低头思忖一会，便略蘸水彩，用兼工带写的手法，在纸上粗画几笔，勾勒出线条，再通过取神得行，以线立形，填彩，形便达意，鱼的神态便跃然纸上，呼之欲出。形象逼真得如水中之活物，摇头摆尾向你游来。

我忽然间明白了，此“鱼头”非彼“愚头”。

“鱼头”，名薛涛，自2001年西安美院毕业至今，在近乎20年的时间里，深潜遨游于鱼之世界，行走在鱼与莲之间。他戏称自己从不修边幅，懒散、邋遢，所以画的鱼也多以眉目怪异、似是而非为主笔，不像别人画的金鱼那种色彩夺目，也不像有的人画的观赏鱼那般小家碧玉。鱼头薛涛曾经赠送著名作家陈忠实先生一幅“鱼在荷中”，陈先生看到后当场欣然题写“长安鱼头”四字，一语击中薛涛先生画鱼之神韵、画风之精湛。从此，“薛涛”这个名字知道的人便越来越少，而“长安鱼头”却名扬三秦大地，无人不知无人不晓。

看着他那双滑溜溜的圆眼，总感觉他是那种吝画如吝财般小气之人，在交往几次之后，觉得长安鱼头则大气得如他的大腹般不可动摇。今年夏天，我来到他的画室，想为我主编的《作家摇篮》杂志封面求幅荷花，因为杂志是公益性质的，费用全部是个人筹资，没有资金来源，所以画也就……不等我说完，他捋起袖子，执笔伏案，潇潇洒洒几笔，一幅风吹欲动的荷花便亭立于池塘之中，粉红色的花苞含羞待放，露珠娇滴滴地贴于莲叶之上，深褐色的枝杆则弯曲着身姿托着花蕾，让它独享清晨那一缕清纯的阳光。

现场观赏鱼头作画，实在是一种精神享受，你会很自然地随着他的画笔游弋于荷塘之中，徜徉于鱼群之畔。那天，他画得出神入化，我看得如醉如痴，临走时，手里竟然拿了他四幅作品。

其实，鱼头虽然经济上并非现当代的有些画家那么富有，但他却很慷慨，不论求画者身份高低，不论稿酬的多与少，给或者不给，不论他是忙还是闲，他都会有求必应，豪爽地答应。他说，尽管我现在是以画为生，但也得以画为精神生活，只要是喜欢我作品的朋友，我都会满足，不仅对朋友如此，对扶贫和助残等慈善公益事业也是如此。不管在哪里，只要有义卖义画的需要，我都会积极参与其中。这种大气大义之贵族精神，比起那些只懂权利交换和谋取金钱之辈，他的精神才是难能可贵的皇家气魄。他的这种精神，得到了陈忠实先生的最高肯定，先生赞赏鱼头薛涛“人生最大的修为，便是让接近他的人感到温暖”。

认识薛涛，认识长安鱼头，使我感到温暖。

他的艺术，他的精神，将会像他的作品那样，让更多的人感受到最高层次的美、最高境界的暖。

祝贺画家薛涛，祝贺长安鱼头的“鱼”游得更远，游得更久。

田丽娜，诗一样的女子

蓝田的白玉稳白老师打来电话，说是约好与陈长吟老师下午坐坐，我问还有谁，他说，王尊让，我一听，立刻就笑了：蓝田汤峪两个最不着调的人，一个教书的白先生，一个扯蛋的超市老板，这两人凑一块儿，还能有个正形么！为了有个稳重的人压阵，于是我拨通了长安区作协主席张军峰的电话，准备一块儿到他那儿去。听说他在少陵原有一处好地方，叫什么“洞天”，还听说他最近一直在洞中修炼，整出了一本名叫《你从我的长安打马而过》的散文集。于是就想沾沾灵气。张主席很爽快地就答应了，并且还说再带一位美女。

长安自古京畿之地，美女如云，这点，我信。

我们的车穿村过镇，终于来到了位于少陵原半原上的“淳风观”。还没下坡，远远地就看见张主席身边站着一位亭亭玉立的漂亮美女，正朝我们招手呢。

张主席我很熟悉，美女第一次见。

都说男人喜欢美女，可是我第一次见到这位美女，也喜欢上了。一句话都没说就爱上人家，这要是少男少女，那可就是真正的“一见钟情”了。

坐在道长的会客厅里，一屋子的文人谈文学、讲历史，听道长絮絮叨叨地讲说淳风观的过去和现在，喝道长用矿泉水泡的绿茶，可我一点都不感兴趣。唯一引起兴趣的却是坐在我身边的这位美女。

她被我看得不自在，回头问我：“我脸上和身上有什么不对的地方吗?”

我说：“有，而且还特别多……”

“有什么？你别吓我，我可是刚刚洗完脸就出来的。”

她拉了我的手，急忙跑出来，一脸的茫然。

看着她羞红的脸，我一下子笑了，笑得她更是茫然，急得在包里找镜子。

我拉住她的手说：“好我的美女姐姐呢，我笑你有一副天生丽质的美貌，笑你有一对楚楚动人的双眸，笑你有一副白净得如羊脂玉般的脸蛋；描得非常精致的柳叶眉下嵌着一对自带双眼皮的丹凤眼，鼻子又直又挺，轮廓清晰的小嘴上精心地涂着口红，显得更加靓丽！头上的波浪大卷发自然地披在肩上，高挑的身材再穿上一件修身的黑色羊毛连衣裙，外搭一条金底红花的大披肩，一举一动落落大方，一颦一笑温婉典雅，多美啊！多曼妙婉约啊！让人不得不色眯眯地看你啊……”

她在我胸前戳了一捶，嗔怒地说：“我的老天爷，哪有你这样看人的？哪有你这样评价人的？怪不得大家都说你的散文语言有一种独特的惊语，原来你看人都拿散文做标准呢。”

自从认识了这位美女后，我就喜欢上了她。喜欢她的心直口快，喜欢她的温柔体贴。她问我，为啥不喝茶，我说，怕睡不着觉。她说：“你还是个怪人，难道不知道喝茶是文人的生活体现吗？喝茶也是一种养生和文化的方式呢！”她给我讲了许多关于喝茶的好处，并建议我喝点不影响睡眠的普洱茶。

她说：“我觉得你有点奇怪，一个经常熬夜的作家，居然滴茶不沾，令人……匪夷所思！”

我说：“我还觉得你奇怪哩，一个天生丽质的诗人，本应是李清照那样的婀娜多姿，袅袅楚人，你却与那些豪爽的江湖大侠甚至马帮头目一样，把茶当知己，饮茶如吟诗。胸藏文墨虚若谷，腹有诗书气自华。呀呀，一个写诗的女子，谈吐温润如玉、性情温馨从容、举止温婉优雅、行为文静精致。我拿什么评价你呢?”

田丽娜是个写诗的快手，我喜欢她的“快”。

前一阵子蓝田旅游局举办蔡文姬征文大赛，她的一首《蔡文姬赋》一举夺得征文大赛优秀奖。我一点都不觉得意外，她能写出如此典雅大气的诗篇，并非偶然 ，在动笔写这首诗以前，她对东汉才女蔡文姬的《胡笳十八拍》及其颠沛流离的人生都做了详尽的查阅和研究。她说，她是蔡文姬的忠实粉丝，很欣赏她的才情和睿智，写起来得心应手，洋洋洒洒 68 行上下阕，40 分钟一气呵成。我不懂诗，平时别人写的诗我也不敢读，我怕读不出诗人的意境和诗意，从而辜负了诗人的辛苦。但是，她的这首赋我读了，她把蔡文姬那种经过“殇离故土、没匈为妃、别子残斜、再次阵痛”的坚韧顽强和女诗人特有的温柔善良写得淋漓尽致，写得清丽脱俗。我读得很认真，读完很感动，很受启发，甚至有种想写诗的冲动，心潮很是澎湃，荡气也很回肠。

尽管我喜欢她的快，但我也很讨厌她的慢。

每次和她出去，她都能慢得让你生气。就在今年 8 月份，陕西省散文学会创联部在蓝田白鹿原民俗村成立后，一行 30 余人到玉山镇红酒庄园参观，一个一个都离开了小车去酒庄浏览，她却坐在我的车上迟迟不见下来，不知在里面干啥，催了好几次，没任何反应，八月的太阳最没心没肺，晒得人直想拿根棍子把它戳下来，我等得生气了，便“啪”的一声，从酒庄门口的石堆上用摇控器锁了车门，把她锁在里面。我站在远处偷看，她竟然连一点焦急都没有，还是那种从从容容的样子，不急不躁，不慌不乱地打理着头发，戴上墨镜和黑纱遮阳帽，等这一切防晒设施准备停当，才掏出手机给我打电话，让我来解救她。

张军峰主席曾给我说，和她出去办事，提前两小时就得告诉她，不然，你就得有足够的耐心。这次，我算是真的见识了她的慢。

进了酒庄大门，我没有说她，她反而埋怨我性子太急。她说，一个女人，事情再忙，再急，都要把自己收拾得干净利落，精致可爱，不能大大咧咧的没一点女人味儿。

她还说：“你爱拍照，我喜欢照相，我就打扮得美美的，给你当临时模特。”还别说，那天我还真的给她拍了几张魔鬼身材、天使脸蛋般的照片。她说我很有灵气，能抓住瞬间的美丽，拍得好；我说她长得水灵，漂亮，咋拍咋靓丽。

一个把生活过得如散文的女子；

一个把日子过得如诗的女子；

一个把写诗当作休闲的女子；

一个把读书当作放松的女子；

你喜欢她吗？反正我喜欢——她就是长安美女诗人田丽娜。

一个诗一样的女子。

你不来，我不老

迎着三月的春风，踏着乡间的小路，二十多个初中时候的同学，趁着老田给女儿结婚的机会聚在一起。吃过早饭，一帮人相约，向着没有桐花只有杏花和油菜花的桐花沟奔去。

早听说桐花沟是蓝田县少有的美丽乡村，是一个诗情画意的地方，是一个风花雪月的地方。这里四季景色各异，春有春的妩媚，夏有夏的妖娆，秋有随风婀娜摇摆的芦苇飞絮，冬有白雪皑皑一片混沌的银装世界。

桐花沟的确很美，鹅卵石铺就的曲折小路直通桐花亭，一路风尘的旅人们站在桐花亭放眼眺望，远处青山若黛，近处景色如画，山在这个季节虽没有绿意，但山的雄壮伟岸依然不减。蓝瓦、白墙、红格窗，门前墙上那一串串红红的干辣椒很是诱人，骑摩托车带着媳妇逛会的男人脸上荡漾着幸福的笑容，三寸见方的小石子垒起五米多高的瞭望台吸引着来此的游客，站在上边体验一下，啊，一览众山小！

虽然到了春天，天气还是有点寒意，大风把瘦弱的女人们能吹到天上去。尽管如此，同学们聚在一起拍摄几张照片的这种情趣却依然故我，两个组合，三个结队，大家一起合影，不分男女，个个都笑得比桃花还灿烂，比杏花还绚丽。西楼最不会说话，她说风吹得女同学的头发像个狮子狗一样，拍出来肯定不好看。建谊很不服气地说，你看人家新利，戴着红白花花丝巾，头发扎在脑后，一点都没乱，就你把头发胡乱地一抓，不成狮子狗才怪呢。

我本来是奔着剜荠菜去的，结果荠菜没有剜成，心里略有不舒，淑楼看出了我的失落，走到我旁边，用胳膊扛了我一下说：“走，到我村剜走，美得太太。”

发动机一阵阵轰鸣，一溜溜小车又浩浩荡荡地向山王村驶去。

刚过峒峪村，眼睛就向车窗外的田地里瞅着，淑楼又扛了我一下：“还没到呢，急啥哩，几百年没吃过荠菜？看你贫的。”我抿嘴一笑，算是回应了她。

车队在山王村的旅游示意牌前停下，二十多人跳下车齐刷刷站在路边，抬眼望，山王村岭头上黄灿灿就像铺了金色毯子的油菜花，随着春风摇曳，绿油油的麦苗也在伸着懒腰，呼吸着春天特别清新的空气；路边一排排垂柳正发着鹅黄色的绿芽；一树桃花忽然从嫩绿中突显出来，粉嫩粉嫩的，点缀着这个美丽的小山村。

大路旁边，像谁有意种植了一片荠荠菜，足有二三亩，绿莹莹地铺满一地。

阳春儿天，秋燕去田间，
慰劳军属，把呀把菜剜。
样样事儿我要走在前边，
……

手提着竹篮篮，
又拿着铁铲铲
……

李建谊就是个活宝，把嗓子压得尖声细气地模仿着眉户剧《梁秋燕》中的几句名段，惹得大家笑弯了腰，站都站不直。

“李建谊，快别唱了，你看这荠菜长得多好，又胖又大，又绿又嫩的，赶快剜，回去让你老婆给你包饺子吃。”

西楼声音最大，一边摆手制止建谊，一边低头剜着荠菜。

“哎，都是吃野菜长大的人，咋还好这一口呢？刘家山人把荠菜都剜来喂牛了，你们谁想要，我从牛槽里揽两老笼出来。”李大贤说。

我瞪了李大贤一眼，觉得他说话有点粗俗。

“同桌，你会说话不，你得是把我们都当成牛了，真是个万货。”

大贤很知趣，立即改口说：“对不起，对不起！我只是开个玩笑而已。其实，茵陈的营养价值要比荠荠菜高，还是剜些茵陈吧。”

一向腼腆的朝花抬起头问：“李大贤，茵陈是不是白蒿？”

“就是的。”

“那你就直接说‘白蒿’不就得了，说个学名，弄得我们寻不着头脑。”

密盈蹲的时间太长了，站起来直了直腰对大家说：“人家大贤是大夫，当然要说医用名字了，只怪咱们没有医学知识罢了，就只会说些农村土语。不过农村土语也真的能闹出大笑话来，我给大家说个笑话：几年前，我和耀斌带着他妈到北京看耀斌他大哥，他大哥刚开始去北京工作的时候，医院里有一个老大夫很关照他。耀斌他妈就很感激这个人，晚上吃饭的时候就对人家说：我听娃说，你对他有多好多好，我就经常在家里悼念你呢。我一听这话，吓得赶紧抻了抻我婆婆的衣襟说，妈，别说了，赶紧坐下吃饭。可是婆婆却把我手向后推了推说，人家对咱好，咱得记住人家，就得经常悼念着人家。我赶紧给人家解释说，是念叨，念叨。”密盈刚说完，大家真的被逗笑了。

二十多个人，就像天上的星星般散落在田地里，面前都蹾着满满一蛇皮袋子荠菜，一个个就像战胜归来的将军看着战利品，高兴的样子好像又回到了三十年前那个十六七岁的青葱岁月。无拘无束的像一群小学生，平日因生活紧迫感而引起的压抑，一扫而光。

老田打电话过来，要大家赶快回去参加婚宴，一伙人走出绿色的田野，嘻嘻哈哈地钻进小车。隔着玻璃车窗，我对田野里的荠荠菜摇摇手，说：“再见，山王村的荠菜！”

荠菜迎着春风舒展腰肢，似乎以带有感情的腔调对我说：“我等着你再来。你不来，我不老！”

哭同学王小花

国庆长假，二十多年未见的高中同学聚会，期间提到了王小花，说她死了，而且也死了快二十年了。我不由得为她感到惋惜。

我是初三的时候转到渭南的解放路中学上学的，王小花是我们的班长，英语科代表。后来我们共同考上了渭南的瑞泉中学，她和我还是同班。

在高中的三年中，她继续担任我们的班长，从高一直到高三。

我刚来的时候，听同学说，王小花从小学到初中一直都是班里的班长，各科成绩在班里每次都是第一，假如哪次考了第二，她就要哭几天，非得要在下次的考试中再次夺得第一，她才会如释重负地松口气。

她是被水淹死的，死在了村旁边的一个池塘里。

王小花的家住在城乡交汇处，村子里的小学不设英语课。初中时考进城里，突然增加了英语课，一个从来没学过英语的乡下孩子，如今要和城里孩子一起学英语，困难是可想而知的。可是，王小花却一点都不气馁，从开学的第一天起，每天放学都不回家吃饭，坐在教室里啃着早晨带来的冷蒸馍，把时间挤出来用在了英语学习上；下午放学的公交车上，她手里拿的还是英语课本。就这样，一个学期下来，她的英语考试成绩居然进入了班里前十五名。老师夸她是一个学习英语的天才。

为了鼓励王小花，第二学期英语老师让她担任英语科代表，一直干到初中毕业。

还记得，我当时刚转到这个班里，因为两地语言差异的原因，始终听不懂语文老师用当地的方言讲课，成绩急剧下降，月考时我的语文才得了 56 分。拿到卷子的那一刻，我的眼泪立刻流了出来，太丢人了。语文本来是我的强项，这次居然考得一塌糊涂。情绪低落到了极点，甚至不想在这个学校上学了，考虑重新回到老家的玉山中学。可现实是我不可能再回去了，父母因工作变动都到渭南了，回去谁管我？王小花坐在我的后边，她看出了我的内心变化，主动利用放学的时间给我辅导语文，使我把前边没有理解的那一部分很快跟了上来。更让我感动的是，她竟然敢给语文老师提建议，让用普通话讲课。老师听了她的建议后不但立刻改正了，而且还在全班里表扬她，说她勇敢。

老天有时候很会捉弄人，高考那年，平时学习不怎样的我考上了大学，而王小花却落榜了。

听说，她把自己关在房子里十多天，任凭谁叫门她都不开。没办法，父母只能每天把饭从窗缝递进去，有时候她吃，有时候连看都不看一眼。父母实在急得没法，把房门用起子撬开了，好言好语地安慰她，劝她想开点，今年没考上，复读一年明年继续考，就这样，她才算放过了自己。暑假里，她每天除了学习，其他事情一概不做。

天有不测风云，人有旦夕祸福。就在这年暑假，她的父亲走了，永远离开了她娘儿俩。一天下午，天热得要命，父亲给邻家人盖房拉石头，为了多拉点，四轮车装得满满的。谁知轮子被一块石头绊了一下，四轮车侧翻了，父亲当即被压在下面。等村民把他从车底下救出来的时候，七窍出血，已经没有了一点生命的象征。他们家的天塌了，母亲经受不起父亲突然离世的打击，也大病一场，一个月后就撒手人寰，到阴间追寻她的父亲去了。家里只剩下她和六十多岁的奶奶。从此，她再也没有跨进学校的大门。

一个同学和老师眼中的优秀生，家中突然发生这么多变故，精神受到打击，立即神志恍惚，丧失理智，终于疯魔了——衣衫不整，邋里邋遢，在村子里东跑西颠，嘴里还一直絮絮叨叨地说着英语单词，背着数理化公式；有时，坐在村中间超市门前的椅子上，胡乱写着，画着；有时，披着凌乱的长发，没目的地疯跑。终于在一个风雨交加、雷鸣电闪的傍晚，失足掉进了村旁的池塘里。奶奶找遍了整个村子，最终在池塘里找到了她的尸体。

唉唉，可惜了一个如花似玉的姑娘！

同学聚会结束后，我回到家里，好长时间心情沉重，脑海里充满了狂风暴雨以及她在水中挣扎的悲惨画面。我为王小花惋惜，为她哭泣。

学养富贵竹

我喜欢水养的富贵竹，也喜欢买富贵竹来养，但不知道买了多少次，养了多少回，都在养后不到十来天的时间里，富贵竹的叶子就发黄变枯，最终死掉。所以，去年我发誓：不再买也不再养了。

前几天，带着女儿去南郊闺密杜宁家里玩，看见她家不管是客厅还是阳台，旮旯拐角，甚至是厨房的窗台上，到处都是花花草草，每一盆的长势都惹人喜欢。特别是放在书房写字台上的那瓶富贵竹，更是叶肥茎绿，杆粗须密，很是养眼。

我问杜宁，你的富贵竹是咋养的，能如此之好。

她说，买回来把根一削，往瓶里一插，就行了。

我在心里想：说得多轻松，多简单，一插就行了，我插了多少，咋一次都没插活呢。

从她家书房出来，想起我每次养富贵竹的经过，气就不打一处来。

走到沙发跟前，我故意把所有的劲都用在屁股上，用力地向沙发上坐去。杜宁看见我急赤白脸的样子说："本事没见长，脾气倒长了不少，还学会和沙发较劲了，有本事，再买瓶养养。"

吃着水果，谝着闲传，我又问起她："你到底是如何把富贵竹养得如此之好?"她问我："你傻不傻?"我说："不傻。"她又问："你用开水浇竹子吗?"我说："不浇。"她说："只要不是傻子，只要不给竹子浇开水，任何人都能把富贵竹养成我这样。"

听完之后，我就纳了闷了，问她到底养竹子的诀窍在哪儿。

她说："你先说说，你是咋养的。"

我说："对竹子，我比养孩子还用心。每次买回竹子来，我都会两三天就换一次水，并且只要天气好，我还会把它端到阳台上，让竹子晒晒太阳，进行光和作用。"

"不用说了。"她打断了我的话，"你还说你不傻，简直就是傻到家了，谁让你那么勤快的。你知道吗，竹子是懒人养的一种水生植物，不用晒太阳，更不用两三天就换一次水。"

咋可能啊！我又一次纳闷了。

她继续说：“其实，竹子是最好养的植物。买回来后，你只需要把它的根部用刀子削成斜面的，把那些多余的叶子摘掉，就行了。估计你那几次养它，主要是看它根部的叶子绿生生的，舍不得摘掉，才导致了所有的叶子因为缺乏营养而慢慢地变黄变枯了。其实这就和果农对苹果或梨子的疏果是一个道理，摘除多余的，让茎部的叶子能够更多地吸收营养。如果方便的话，你也可以给花瓶里放几颗铁钉或者铁丝，让水质生锈产生更多的氧化剂。水不能放得太多，最多三分之一就够了。最关键的是，刚买回来的富贵竹，不能两三天就换一次水，最多半个月换一次水，以后，一个月换一次水就可以了。如果你真的很勤快，可以在买回来的最初那几天，晚上用喷壶给叶子上喷点水，并且，只能两天喷一次。”

我说：“看来，太勤了，也不是好事。”

杜宁说：“当然！把你能的，还给竹子每天进行日光浴呢，竹子要是人，不但不领你的情，还要和你打架呢。既然竹子养在水中，那肯定是个喜欢潮湿背阴的植物，你给晒太阳，就等于是摧残竹子的生命呢！”

我问：“就这样养？”

她答：“就这样养。”

听了杜宁的话，我才明白了富贵竹的生活习性，看来我以前的勤快，不但没有起到好的效果，反而是画蛇添足，弄巧成拙了。

杜宁看着我疑惑的样子，说：“看来，你是真傻，干脆，把我的那瓶送给你得了。”

我说：“君子不夺人之美！你只需授我以渔，不要授我以鱼，回去我自己养。”

还没等我把话说话，杜宁就咧着嘴，眼睛眯得就像是在额头上用指甲掐了一条缝似地说道：“还君子呢，刚才咬牙切齿的样子，简直就是一个活脱脱的女土匪，哪有一点知识女性的样子。”我瞪了她一眼，但她根本不理我，继续说，“还作家呢，连竹子都不会养，怎能凡事都一根筋，咱老先人都知道科学种田，你就不知道科学养花啊。”

这时，一直在书房玩电脑的女儿跑了出来，说：“估计我妈是个火命，养不活水生植物。”听完女儿的话，我们俩都笑了起来。

从杜宁家出来，我没有像以往那样直接坐车回家，眼睛到处在瞅着周围街边的店铺，搜寻着花店，准备买一把富贵竹回家去再养。

再想，养花养草与写文章有没有联系呢？养富贵竹的教训告诉我：不能整天趴在桌子上闷着头蛮干，应该是，有灵感了写一点，没灵感了去球！或拿本书好好看看，学点别人的长处；或背上包儿出去逛逛，散散心。等积蓄了“养分”再来写作，也许会事半功倍呢。

一根红丝线

秋冬季节变化异常，上周末突感身体很不舒服，便关上电脑，准备去医院看看。

在公交车站等车时，一位穿着黄马甲的小伙子走到我面前，深深地鞠了一躬，然后抬起头来，说：“大姐，买份……报纸吧，今天的新……报。”

突如其来的举动，把我吓得后退了好几步。正在琢磨咋回事时，再一次听到了他向我哼哼唧唧的说话声。

定了神，仔细地看了看这小伙子，二十岁左右的样子，剪着短发，两眼有光，脸色黑红，涎水挂在嘴上，稍胖，上身穿着卖报纸的职业黄马甲，下身穿一条黑色运动裤，白球鞋。说话结巴，语速慢且模糊，发音不准，咬字不清，右腿还有点瘸。我心里不由得便冒出了两个字——傻子。

想都没想，就把准备乘车的两元钱顺手递给他。他看了一眼，从我手中拿了一元钱，傻傻地笑着说：“一元……一份，大……姐。”

“那就买两份吧。”

“不行，大姐，我只能卖给您……一份。”他慢腾腾地一个字一个字地说着。

“为什么，为什么不能卖两份?”我惊愕地看着他。

“您只能看一份，如果买两份，就……就……浪费了。”

“看你可怜呗，买两份吧。”

“不可怜，我每天能卖出一百多份报纸，我……能……养活自己，不用爸妈……养活……我。”可能是急于解释，他说话更加结巴了，脸也涨得更红，依然傻傻地笑着说，“不过，我还是要谢……谢……大姐您。”

说完这一长串话，他向我摆摆手，憨憨一笑，拧过身一瘸一瘸地走了。

公交车还没有来，在等待的间隙，站在路边，我心不在焉地翻着报纸，看了各版的大标题，觉得没有感兴趣的内容，顺手把报纸卷成筒拿在手中。

“大哥……买份报……纸!”听声音，我知道又是那个卖报纸的傻傻的小伙子。

“不买，不买，走开!”一个白净帅气的小伙子，不耐烦地向他摆摆手。

“卖报的小伙子，过来。”我喊着他，“我把报纸看过了，没有翻乱，还给你。”

小伙子一下子脸色就变了，哭丧着脸说：“不能退……大姐，我……不退。”

“不是退给你，刚才买报纸的钱我不要了，报纸我已经看过，现在，要去医院看病，拿着不方便，如果扔了不是浪费吗？”在说话的时候，我把报纸放到他怀里的那一摞报纸上，“你再卖给其他人，多好啊！”

小伙子听了我的话后，咧着嘴又笑了，结结巴巴地说了句：“谢谢大……姐，您是好人。”

转过身，他把报纸放到公交车站的连椅上，从随身背着的黄颜色布包里拿出一根红丝线，恭恭敬敬、认认真真地双手递给我，傻傻地笑着说：“我送大姐您一根红……丝……线，让您的爱在这根红丝线中传……递。”

我被他的话震撼了，当即接过红丝线捧在手中。

“祝姐姐早日康复，因为……好人有好报。”一句很普通的话，却让我感动得流出了眼泪。因为，在这个陌生的城市里，我不认识一个人，也没有一个人认识我，更没有人对我说过这样暖心的话。现在，一个身体有着残疾的小伙子，一句很普通的祝福，却让我感动，让我激动，让我从心里佩服他，尊敬他。

公交车来了，我随着上车的人流走进了车厢。

“尊敬的爷爷奶奶、叔叔阿姨、哥哥姐姐，早上好！我叫庄……有……健（音），为了不给爹妈添负担，卖报纸……靠我自己……养活自己。请大家买我一份报纸吧！”又是他，居然把报纸卖到了公交车上。说这段话时，他居然不结巴了，说完傻傻地笑着，用期待的眼神看着车上的每一位乘客。

大家都好像无视他的存在，没有一个买报纸的人。

他不慌不忙地从车厢前边往后边走，一个人一个人“叔叔阿姨”地问着。当走到一对打扮时髦的男女青年跟前，他说：“大哥大姐，买份报纸吧。”他们连看都不看他一眼，就背过身说：“不买，没钱。”

“没关系，大哥，你真的……想看……报吗？”

“想看，但没钱啊！”那小伙摊开了两只手。

“要是这样的话，我送你一份，报纸……就是让想看的人看的，只要你想看……”他把一份报纸递到男青年的手里。

“不不不，别啰嗦，不要！”男青年的脸立刻涨得通红。

“没事的，大哥，你看吧……我送……给你，不要钱。”他把报纸硬塞到男青年的手里，还是那副傻笑。

女青年很不屑地瞟了他一眼，从肩上斜挎的小坤包里拿出一元钱，狠狠地拍在他的手上：“给你吧，谁没钱？这下可以了吧？快走。”打扮得很时髦的女青年拧过头很轻蔑地对他说，“连钱都不知道要，真是个傻子。”

他没有把那一元钱装进包里，而是塞到男青年手里，摇着头结巴着说：“我傻，但知识……不傻，希望哥哥……和姐姐看……看了报纸后……能明白更多的道理，能……学到更多的知识。”

那一对青年男女脸一阵红过一阵，很不自在地坐在那里，显得十分的尴尬。车还没有停稳，便急急地下了车。

不知是谁对卖报的小伙子说了句：“好样的，小伙子。”车上的人不约而同地给他鼓起了掌，有的还向着他竖起了大拇指。

“给我来一份，小伙子。”

“我也来一份。”

每卖一份报纸，小伙子都要深深地鞠一躬，并送给客人一根红丝线，嘴里还不停地说着：“谢谢……谢谢您……让知识和爱在您这里传递。”

哦，他真的“傻”吗？

一轮明月映秦岭

昨天的记忆

槐花殇

吃完晚饭，和往常一样，悠悠地到东门外的环城公园去散步。

还没走进公园，远远的一股股幽香便扑鼻而来，直愣愣地撞进心脾。我贪婪地吮吸着，恨不得把所有的香气全部吸到肚子里。

又是一年四月天，又是一年槐花香。

环城公园的槐花，勾起了我对儿时有关槐花的记忆，槐花麦饭，槐花包子，还有那无论如何也忘不了的槐花情和槐花怨。

爷已不能像他病前那样扛着镢头和奶奶、父亲一块去田里干活了，只能一跛一瘸地把竹篮挎在胳膊上，在村外田地里转悠转悠、掐点野菜。而那只因病而软绵绵地垂在身体上无力晃悠着的胳膊，气得爷经常用那只好胳膊捶打、掐拧。

爷因为“脑血管意外”由一个壮劳力突然间变成了一

个半身不遂的病人，瘫痪在炕上。刚开始时，爷的吃喝拉撒都要家人照顾，在经过半年的治疗后，病情有所好转，勉强能拄着一根木棍在院子里转圈圈。又治疗了半年，爷终于能扔掉木棍一个人慢慢地从院子里走到巷子里和邻居的老人拉话、说家常。

三爷家那个鼻涕邋遢的小孙子端了碗槐花麦饭从屋里走了出来，趿拉着一双烂得露出了大拇趾的破布鞋，蹲在他家斑驳的土墙下，津津有味地嚼了起来，扬在脸上的是得意和满足。爷望着他吃槐花麦饭贪婪的那个劲儿，于是想起了他的堂兄——我的三爷，那个与槐花、与槐树林有关的故事来。

爷从灶房门后的铁钩子上卸下空空的柳编笼笼，一个人跛呀瘸呀地悄悄向村子北头那片槐树林走去。

那里有一坡一坡的洋槐树，正盛开着白得晃眼的洋槐花，一簇簇，一嘟嘟，使整个树林都弥漫在洋槐花的香气里，一阵阵清风吹来，远远地就能闻到，沁入心脾，使人陶醉。尽管这里的洋槐花每年都按时开花，而且开得那么热烈，那么繁密，但我们家人却从来不去那里，更不去捋可以做成各种美食的槐花。因为，那是我们家人最忌讳的地方。那里有棵歪脖树，一棵很丑很丑的老榆树，因了饱经岁月的沧桑，浑身疙疙瘩瘩，布满了裂纹，就像爷那爬满皱纹的脸。试想想，在满坡的槐树林里，孤零零地竖立着一棵歪脖老榆树，多么扎眼，多么讨人嫌弃。

这棵歪脖老榆树，曾经残忍地吞噬了三爷年轻而有知识的生命，它把一根麻绳紧紧缠绕在三爷的脖子上……刚才吃麦饭的那个邋遢小子也许根本不知道他爷爷就死在了槐树林子里，死在了这棵歪脖老榆树上。

三爷是村里唯一一个识文断字的先生。每逢村里人婚丧嫁娶，盖房上梁，他都会把祝福的对联送上。每年春节，村里人的春联也都是三爷在年三十下午给门前支一张桌子，挽起袖子一笔一划整出来的。

作为一个知识分子，三爷实在受不了村里那些年轻人的拳打脚踢，忍受不了村里那些少不更事的小伙子斗来斗去的摧残和折磨。肉体的疼痛三爷说他可以忍受，但精神的摧残和羞辱让三爷无法容忍。那些人给他剃了阴阳头，还要戴上用破报纸糊的高帽子，站在只有三只破腿的木凳子上。三爷一动都不敢动，稍微站立不稳从破凳子上晃下来，那帮年轻人便一拥而上，一边推搡，一边还用粗暴不堪的语言责骂他。于是，在一个月亮明晃晃的夜晚，三爷双眼流下了浑浊的泪水，给三婆的水缸里挑满了最后一缸水，依依不舍地走进村北头的槐树林里，在歪脖老榆树上结束了他年仅三十五岁的生命……

爷和三爷是堂兄弟，三爷叫爷二哥。爷从小就失去了父母，是在三爷家长大的。那年的槐花开得很美，白花花一片，整个一面坡都是，远远看去像冬天披满了山坡的雪，一嘟嘟一簇簇的，相互拥挤着。

在那槐花盛开的时节，村里人提了柳条编成的篮儿，一拨一拨走进槐树林，捋了槐花，拿回家蒸了麦饭吃。三爷和爷互相搀着来这儿，捋回一笼又一笼槐花，回家拌上一点点面粉，撒点盐蒸成槐花麦饭，解决了一年又一年的饥荒。

三十年来，爷从来不进槐树林，总是绕道而行的。

时间如白驹过隙，三爷在槐树林终结他的生命已经过去三十多个年头后，满坡的槐花又开了，爷提了柳编篮儿一跛一瘸再一次来到了这里。

当人们发现爷的时候，他已经在歪脖老榆树下昏迷不醒了，竹笼中盛了满满一笼槐花，雪白雪白的，好像千万朵祭奠三爷的白菊花……

环城公园的槐花开得如同我们村子北边那满坡的雪白，香气袭人，直扑胸怀，我坐在护城河堤边的石条长凳上，想着爷，也想着三爷，还有那段不堪回首的狰狞岁月，更有那段忘不去的记忆……

远远地，我仿佛看见爷牵着三爷，一跛一瘸地给我送来了一笼白花花的槐花……

那年，那月，那日

系列之一——年

“十一”长假过后，单位的事也慢慢少了。老公是个骑单车爱好者，便在周末时，约上几个骑友，钻沣峪进秦岭，进东山出西沟的欣赏着秦岭独特的秋色。

长期的骑行锻炼了老公的骑技和速度，有次在单位吃午饭，一个同事说他骑电动车回了趟老家，沿路的风景太美了，红的枫叶、黄的银杏叶，还有白绒绒的芦苇絮，飘飘荡荡地随风摆动，煞是惹眼。

此话，引起了老公的骑瘾。他说要骑自行车走一趟。同事很是惊奇，用讽刺的口气说：“骑自行车，你开玩笑，一路上坡路，将近七十多公里路程。”

“咋不可能，而且我还保证，从咱单位楼下出发，骑到你家门口用你家座机给你打电话，三个小时骑到。”老公话音刚完，同事的头摇得像吃了摇头丸一样，嘴里连连说道：“不可能，绝对不可能，我骑电动车都用了快四个小时，你骑自行车三个小时，带有吹牛的性质。”老公不服气：“如果我骑到了，你请我喝酒；我骑不到，我请你们大家喝酒。”

这件事我听过之后，根本没有往脑子里去，可是前天中午，老公突然打电话过来，说是有人请他吃饭，让我也一块过去。

原来，那次的打赌，老公赢了，而且赢得很轻松。

恰巧中午二叔来我单位旁边办事，正值下班时间，我便邀请二叔来我单位吃饭。吃饭闲聊时又说到了这事，二叔说：“肯定是你同事输了，不要说现在他骑的是赛车，就是在六七十年代，我和你爸骑加重二八自行车，还带一百多斤的货物，一小时也能骑二十公里。”

我被二叔的话惊呆了。

二叔也看出了我的疑虑。

二叔接过我递给他的茶杯，慢悠悠地说：“你们打赌骑车子是在玩，而我们当时骑车子则是在和肚子打赌，和生命打赌。”

往事并非如烟，往事历历在目，二叔的思绪飞回到了那个经常挨饿的年代……

那些年，家里人多，劳力少，你爷爷又因脑溢血偏瘫在床，你婆每天既要上工挣工分，还要照顾你爷，家里的主要劳动力就你爸和你妈，那时你们都小，我和你大哥也不过十五六岁，还都在上中学，你二哥三哥偶尔帮着你爸妈做点轻松的活，你和老四（我弟）两个人也有任务，家里大人不在时，照顾你爷爷。

那时冬天，每逢星期六和星期天，学校不上学，星期五晚上，你爸、我、你大哥，三个人两点就起床，在家里偷偷地弯笼鏊，四点左右弯好后，再十个一捆地捆好，总共二十捆，你爸自行车驮十二捆，我驮八捆，在天还没亮时，骑上自行车从家里出发，等天亮时就过了县城，十点钟到田王吃早饭，稍微休息一会儿，就又骑上车子，向渭北的高陵或者三原而去。

高陵离咱家家有一百二十公里，下午两点左右就到，在交完货吃过饭后，每人又驮一百多斤玉米回家。

四点左右从高陵出发，我和你爸一口气就要骑到田王，大冬天，我们两个人把棉袄脱下来绑在自行车上，每人只穿一件衬衣。就这样，头上还热得直冒热气，汗流下来也顾不上擦，只有在眯住眼睛时，才用袖子一抹，继续赶路。

晚上六点左右到田王饭店门口，天已经黑得差不多了，我和你爸两个人把棉袄再穿上，把车子靠在饭店门口，两人取出早晨从家里拿的冻得像石头块一样的玉米面蒸馍，为了省钱，我和你爸每人要一碗稀汤面，把又冷又硬的馍泡进去。饭店的师傅人好，看见下苦人，说是稀汤面，往往都会给多捞几根面条，端两大碗滚烫的面汤。玉米面馍经过热面汤一泡，就烂成了一碗粥，我和你爸两人就端起面条和馍搅成拌汤样的饭，呼噜噜地吃完两碗，又马不停蹄地骑上车子摸黑往回赶。

其实，我们也不敢回来得太早。那时候，村里有好多好事之人，经常在天黑时蹲在村口的路边，等着捉这些“投机倒把”的人，然后送到公社，轻的让你学习，重的不但要罚款，还要割你的“资本主义尾巴”。

记得有一次，我和你爸刚回到家里，把换回来的粮食藏到擀面案板底下的红薯窖里，腰还没直起来，就听见有人踢门，说是有人看见我们搞投机倒把去了。

你爸把门打开，进来了好几个人，发现还停在堂屋的自行车，在家里到处乱翻乱找，想找出换回来的粮食。

那天，他们几个没有找到粮食，不甘心，便大声质问我：“你们兄弟两个白天干啥去了，咋没上工呢？”

还没等我开口，你爸一边擦着汗，一边说：“听说西安城来了个治偏瘫的好先生，我弟兄俩骑车进城去打听打听，想接过来给我大看看病。”

“胡说，刚才明明有人看见你们驮的粮食回来了。”另一个人又大声嚷了起来。

“可能是天太黑，没看清吧，刚才骑得快，热得把棉袄棉裤都脱了，绑在车子上，肯定是看错了。”" 父亲一边给来人赔着笑脸，一边说着。

人常说，贼没赃，硬似钢。那几个人没办法，找不出来粮食，气得把你爸给他们端的凳子踢翻了，临走时还恶狠狠地摔下几句话，让你爸以后不要再搞什么投机倒把之类的事了，否则就得上公社的学习班。

从那以后，村里的积极分子就把你爸盯得很紧，我们弟兄俩再也没法去渭北换粮食。但家里老小十口人，每天都得吃饭啊。

后来，你爸告诉我，积极分子们只是盯着他一个人，而我和你大哥只有十五六岁，不会怀疑我俩。从那以后，你爸晚上一个人握笼鏊，我和你大哥睡觉，等你爸给我俩把车子捆好绑紧，趁着天黑，把我俩送出村，让我和你大哥去渭北换粮。

高陵和三原离咱家都有 120 公里，往返就是 240 公里，我和你大哥两人得骑十六七个小时，回来天都快亮了，但每次你爸都会蹲在离村子二十多里地的路边等着我们。

二叔在说这些的时候，有好几次眼泪都在眼眶里打转，喉结来回地动着。看着二叔想极力控制情绪时，我的眼泪也不由得流了下来。

二叔接过我递给他的纸巾，擦擦脸，痛苦地笑了笑："不说了，不说了，这都是过去那些年的事了。现在，咱们大家都好了，吃喝不愁，要啥有啥，多好的。"

送走二叔，我的心久久不能平静，为二叔和父亲、大哥他们当年的辛酸而伤心，为我们现在的丰衣足食而庆幸。

那年，那月，那日

系列之二——月

五豆腊八二十三

过年剩下七八天

交上腊月，年味越来越浓，整个村子都弥漫在欢腾的气氛之中。

腊月初五叫五豆节，家家锅里都一模一样地搅着红豆包谷糁，饭桌上依然摆着萝卜丝或者萝卜缨子酸菜，除过包谷糁由黄变成红以外，其他的饭食没有多大变化。腊月初五这个小节气和往日没有两样。

腊月初八，也就是腊八节。这一天，村里人把红白萝卜切成小丁，加上黄豆、小豆、绿豆、豆腐等八样食材，熬成一锅，称作腊八臊子，一家人高高兴兴地围在桌子旁吃顿稀汤臊子面条。生活中这点些微的改善，也馋得我们这些孩子比平常要多吃两碗。

其实，过小年才是我们翘首以盼的事儿。腊月二十三是祭灶火爷的日子，我们峒峪村人家家户户都把屋子打扫得干干净净。天还没大亮，母亲就做好早饭，吩咐一家人早早吃完，把屋里所有的家什都搬到外面，竹楼顶、土墙壁、木窗户，屋子里旮旯拐角都要扫去灰尘。母亲总是先用大扫帚扫一遍，再换小扫帚扫一遍，然后端来先一天就泡好的白土①，用小扫帚蘸着一下一下地刷到墙上，晾干。如此刷墙、晾干，需要反复三次，原先黑乎乎的墙壁在母亲的手下便白格生生的亮堂了许多。

等到墙壁干了以后，母亲又会喊我们再把早上搬出去的东西一件一件地搬回来。一切都物归原位后，我们几个孩子全都叽叽喳喳地喊叫着肚子饿了，要吃饭。因为，在母亲打掇屋②时，家里没法做饭，锅被母亲从灶台上拔出来背到门外了。

当我们兄妹几个齐刷刷地站在锅台前等着母亲做饭时，母亲总会说：“去去去，灶火爷还没吃呢，你们一个个急个

---

① 白土：一种从山崖上挖回来的土，经过水泡，刷墙可以起到涂料的作用。

② 打掇屋：方言，收拾屋子、清扫屋子的意思。

啥，到外边玩去……”

那时，我们好像不知疲倦是什么滋味，母亲让我们到外面玩去，我们就齐刷刷地滚开了。

傍晚，整个村子都弥漫在炊烟之中，家家户户都在屋里烙饦饦馍——祭灶爷。母亲也不例外。

第一锅饦饦馍烙出来后，母亲总是很认真地洗洗手，拍拍身上的尘土，整整衣服，在这一套动作完成后，才恭恭敬敬地把馍摆在灶火爷的香台上，然后虔诚地跪下来，双手合十，嘴里念念有词地对灶火爷说着今年一年的收成和对明年的期望，希望灶火爷“上天言好事，回宫降吉祥”。

祭完灶后，母亲才会把烙出来的馍递给父亲一个，再依次为大哥、二哥、三哥、我和弟弟。当我们一个一个狼吞虎咽三下五除二吃完一个饦饦馍后，又伸出一双手准备再吃一个，这时，才发现母亲却连尝都没有尝一口，问母亲为啥不吃时，母亲总是说：“还不饿，等一会儿再吃。”

腊月二十八，村子里是最沸腾的一天，我们家是沸腾的中心。大家都像是商量好的一样，把储藏了半年的黄豆用簸箕端到我们家来，让父亲给他们做成豆腐。那时，父亲是做豆腐的把式，同样数量的黄豆，父亲总是比别人能多做几斤豆腐。时间一长，我们家便成了村子里做豆腐的“专业户”。父亲给村里人做豆腐不收任何费用，就连做豆腐用的烧柴也得我们家倒贴，为的是把豆渣能留给我们。到了腊月三十，我们家能攒下几大筛子的豆腐渣。母亲给豆腐渣加点玉米面和食盐，一个一个的团成圆块，放在锅里蒸。蒸熟后就叫“豆渣馍”。在那个饥饿缺吃的年代，豆渣馍也是稀罕物。晒干了的豆渣馍放到嘴里越嚼越香，越嚼越有味道。豆渣馍一时半会是吃不完的，母亲便把馍又一个一个掰开来，放到屋外晒干，等到春天没有粮食吃时再拿出来让我们吃。我们家孩子太多，粮食从来都是不够吃的，为了填饱我们一个个的肚皮，母亲和父亲想尽办法来满足我们，哪怕再苦再累，却一句怨言都未曾有过。至少，我没有听到过。

年三十，是当地最后一个集市日，就是再困难的人家也都在这一天来到集上，割上二三斤肉，有办法的人还会割上五六斤，提回去，给饿了一年的孩子们解解馋。

年三十的会是半天，吃过午饭后，肉香味便会弥漫在村子上空，越来越浓，家家都在屋里煮肉、熬菜。傍晚，是孩子们最兴奋的时候，一个个急急忙忙地都从家里跑出来，全都手里拿着骨头，挤在一块比谁的骨头块大、谁的肉多、谁的肉肥，即使外面下着鹅毛大雪，也丝毫减不了我们的热情。大家都在大喊着炫耀着。等到天空全黑下来什么都看不见时，骨头还在手里拿着，谁也舍不得吃，只是把落在手上的油舔了一遍又一遍。

想起小时候腊月天在村子里闹闹腾腾的那些故事，童心顿时萌发，常常兴奋不已，按捺不住喜悦的心情。

如今，一切都好了，屋子摆设得井井有条，天天像过年，大肉不再是奢侈品，天天可以吃，白馍随时都有……然而，我还是怀念小时候的那些个腊月天，真的……

那年，那月，那日

系列之三——日

二哥在我们家，是最淘气的，也是挨打最多的。

从小，我就一直爱跟着二哥，在村前村后惹事生非，害得父母没少给人家赔钱赔物，还得赔上一张笑脸。当然，回来后，二哥的屁股肯定也得遭罪。我是二哥的跟班，为这，也没少挨父母的骂，但我却没有挨打，一是因为我小，二是我有特别护身符——三个哥哥一个弟弟，我是家中唯一的女孩，爷爷奶奶宝贝得不得了，他们疼都来不及，还能让我挨打？就是骂，要是被爷爷奶奶碰到了，爸妈也不能骂，只能用眼睛瞪一瞪。每次疯回来，妈妈都拉过我，一边拍打着我衣服上的土，一边低声的说着：“女儿家家的，以后不许跟上二鬼（生气时父母叫二哥为二鬼）一块出去疯了。”

我偷偷地乐着，嘴里答应着，可母亲一转身，我又脚底抹油，跟在二哥后面，向村东边的大场里跑去。

生产队割回来的麦子，摊在大场的中央，一群妇女头上包着用冷水浸湿了的毛巾，用木杈在麦场上翻着麦秆，让火辣辣的太阳晒干晒透，等下午再脱成麦粒。

大场的四周，晒的是前一天打下来的麦粒，我跟在二哥后边，也学着他的样子，穿一双大棉鞋，在晒着的麦粒中来回走动，为的是让麦粒灌进棉鞋里，等棉鞋里的麦粒灌满了，再装作若无其事的样子，大不咧咧地走回家，钻到小房子里，把门一关，拿过洗脸盆，把棉鞋脱下来，倒出里边的麦子，然后再穿上棉鞋，关上门，又向大场里走去……

如此反复好几次，脸盆里的麦子就满满的了。当然，这些是不能让爸妈知道的，不然又要挨揍。

跟着二哥，顶着大太阳，一遍一遍地跑着，我一句话都不能问，因为二哥今天下了死命令，叮嘱我，如果敢把这事说出去，小心“阴招”。

“阴招”，这话只有我和二哥知道，别人谁都不了解是啥意思。

知了在头顶一直叫着，很闹人，也很聒噪，跑了几趟，我有点烦了，就对二哥说：“别再跑了，也别再往鞋里灌了，我脚都让麦粒垫疼了，热死了，咱们抓知了去吧。”二哥说："抓知了，能有白面吃吗？抓知了，能有白馍吃吗？这个时候，大人都在睡觉，没人知道，多灌点，让妈给咱擀白面吃。"

听到能吃白面和白馍，我重重地点着头，连声说："好，好，好。"

二哥在前面装模作样地走，我在后面也装模作样地跟着。

吃白面的动力还真挺大的。

翻场的女人也都回去了，收拾好镰刀和扁担，陪着自家的男人又一块下地割麦去了。

太阳依然没有休息，坚持着它的岗位，一点偷懒的意思都没有，红红的、辣辣的、火火的，晒着大地，也晒着我们。我和二哥不停地在跑，热得满脸是汗，背心都湿得透透的，脱下来能拧出水。偶尔吹过一丝风，也是热的，一点凉意都没有。看见一家一家的大人们都起来准备上工，二哥神神秘秘地附在我耳边说："咱们收工。"

收工，就是回家。

虽然割麦的大人都到地里去了，但看场的人也来了，我们只能收工。

一进门，把身上的背心一脱，顺手扔在床上，跑到水缸旁边，左手揭起缸盖，右手拿起马勺，舀一瓢凉水咕嘟咕嘟地喝着，水顺着脖子流到光肚皮上，再顺着光肚皮流到裤子上。二哥一瓢凉水很快下肚，再舀起一瓢，递给我，我也照着二哥的样子，咕嘟咕嘟的喝着。

看着爸妈也都拿着镰刀和扁担走了，我和二哥偷偷地溜进小房子里，两个人把那一盆麦子又端出来，蹲在旁边看着满满一脸盆的麦子，嘴里的哈喇子都流了下来，好像那一盆麦子已经变成了一盆又白又细的面条。

二哥说："咱把这盆麦藏好，等咱家的麦子分下来，咱把它再拿出来搅在一起，就能吃到白面了。"我说："行。"二哥端着脸盆，小心翼翼地塞到床子底下。

这个秘密，只有我和二哥知道。

二哥歪着脑袋用一种很怪的眼神看着我，我觉得很纳闷，问他："咋了?"他说："你该不会再给咱爸咱妈打小报告吧?"我说："不会。"他说："这次再要敢说，小心阴招。"我说："你再给我阴招，我就给咱爸妈说。"

刚说完，二哥就把我抱起来，放到靠在墙边的老式木柜上，然后把我两手用绳子一绑，让我哆哆嗦嗦的站在柜盖上，不许喊，也不许叫，没有他的允许，不许下来。估计，我有恐高症，站在柜盖上，吓得两眼紧紧地闭着，不敢睁开来，两腿打着颤，一动都不敢动。以前每次我给父母打小报告，二哥都会在父母不在的时候，把我打一顿，但过后，他就会再被父母收拾一回。但二哥自从知道了我怕高以后，就改成这样惩罚我，为的是我身上脸上没有伤，即就是我告诉父母他收拾我，他也会死不认账。而且，他还把这种方式，叫“阴招”。

真够损的。

当然，那次，我不可能给父母打小报告，因为我也很想吃白面白馍。可是那天，二哥还是挨揍了。因为父母下午从地里割麦回来，要洗脸，可是怎样也找不到脸盆，问我，我死硬死硬，说不知道。问二哥，也说不知道。

最终，父母在床底下找到了脸盆，问二哥，谁干的，二哥这时还是死猪不怕开水烫的样子，说，不知道。父母气得眼睛瞪得老大，没有办法，又来吓唬我，我把这事推得干干净净，说是二哥一人干的。

那天，二哥被父亲打得很惨，晚上不许他吃饭，跪在擀面案板前让思过。

那个年代，人们都吃不饱肚子，都在想着法子地弄吃的。后来我知道，父亲并不是嫌二哥捣乱把脸盆藏了起来，而是要让二哥明白一个道理，就是小孩子从小不能养成偷东西的坏毛病，更不能是为了吃饱肚子。

那天，二哥没有给我阴招。

那山，那水，那人

系列之一——山

长久地被水泥钢筋夹裹在围城之中，人难免会焦躁、烦心，周六天气不错，春光明媚、日光妖娆，微信朋友圈中多是晒风景和郊外春色的美好，便不假思索地背起包儿，约几位朋友出发了。

还真是，城里城外就是不一样，同样的一个绿，城里的就很做作，城外的便很自然，城里的规规矩矩，城外的不拘一格。

城里人经常吃大鱼大肉，到了城外，就不由得想换换口味，吃点山野菜和粗粮淡饭。

农家乐的主人摸准了城里人的脉，便投其所好把一盘盘绿油油、脆生生的野菜端上了城里人的餐桌，甚至每种平日里司空见惯的野菜还给起了一个很煽情的名字。如：小时候咋也咽不下去涩得人喉咙发疼的磨磨盘盘，在这里被美其名曰长寿菊；长在路边水渠里的水芹菜，也高大上地成了降压水芹。总之，想着法儿把你的胃口吊起来，把你口袋里的钞票掏出来装到他的口袋。最终，还让你笑哈哈地拍着肚皮直喊：“嫽扎咧!”

游完了位于蓝田九间房乡的流峪飞峡，我们也坐在了山下农家乐的餐桌上，点了几个山野菜：长寿菊，降压水芹，灰灰菜，菜坨坨。绿生生的再加上红辣角的点缀，真的养眼。当看到菜谱上的野韭菜炒鸡蛋时，惊得我忘记了周围还有其他客人，竟大声地喊了句：“我的老天爷，想钱想疯了吧。”眼瞪得能越过额头。一盘竟然标价 20 元，妈啊，一把野韭菜，加两个鸡蛋，竟敢要 20 元？出于好奇心，我还是要了一盘，尝尝如今的野韭菜和小时候吃的野韭菜有啥不同。

韭菜上桌，我第一个夹了一口，急急地塞进嘴里嚼起来。不知是嘴被惯娇了，还是此野韭菜非彼野韭菜，我非但没有吃出二十多年前野韭菜的香味来，反而吃出了二十多年前那次上山掐野韭菜的心酸来……

岁月的潮水涨上了记忆的河滩，让人心酸的往事又爬满心间。

往事并不如烟，往事历历在目。

记得那时，我只有十一二岁，同样是最美的人间四月天，同样是艳阳高照的春色烂漫时。星期六，我跟着堂姐（比我大四五岁吧），和村里几个与她年龄相当的姐妹们一起，到离我们村子二十里左右的秦岭支脉天明山里掐野韭菜。那时掐的野韭菜并不是自家吃了，而是全部捆成半斤左右的小捆拿到许庙的集市上去卖。我记得很清楚，当时一捆野韭菜二分钱，她们每人每天能掐二十斤左右，而我能掐十斤就很满足了。十斤也能卖四毛钱。四毛钱啊，在当时，对我来说，那已经是一笔巨款了（那时一学期的学费只有两块五毛钱）。为了那四毛钱，我们几个早上四点钟起床，拿上蛇皮袋子，挎上竹笼，背上母亲前一晚就装好的黑面蒸馍，几个人高一脚低一脚地向二十里以外的大山里摸去。

天还未大亮，几个人就到了天明山脚下，并排儿坐在路边的石头上，一边休息一边吃馍馍，为一会儿的爬山养精蓄锐。我年龄最小，个子也最矮，她们几个很照顾我，特别是堂姐，一路上都牵着我的手，并且不时地叮嘱，小心点，慢着……现在回想起来，还是很感激她的。

从十亩坪进去，能掐野韭菜的有两座山，一座不太高，较为平缓，叫小那岔；另一座叫大那岔；稍显陡峭，怪石嶙峋,。但这座山上的野韭菜却长势喜人，一大片一大片，叶肥，茎粗，蹲下去不挪地窝儿就能掐一大把。于是，我们选择了大那岔这座陡峭点的高山。

几个人一前一后，小心翼翼地行走在弯弯曲曲的山间小道上，眼睛不敢乱看，只是低头走路，路边不时伸出来的野枣刺，划在我们的脸和脖子上，一道一道的红印子就像小孩画出来的乱草一样，又烧又疼。为了赶路，顾不上去揉，去看，离目的地还有好远，我们必须在太阳出来以前爬到山顶。那儿韭菜最美、最胖、最嫩、最多……

大那岔那座山，现在还一直灵动地镌刻在我的生命里。

那天，我们的运气好。沟边有一条小溪，顺着小溪一直往里走，路边有一眼山泉。泉水很清，一丛丛淡绿色藤条从坡上披下来，像女孩子额前的刘海儿，盖住了泉水。泉水旁有块草地铺就的斜坡，也许是因为泉水的滋养吧，一大片一大片的野韭菜绿得可爱、绿得喜人、绿得人的眼睛都发绿了，齐整得像是有人专门种的一样。不再前进，就地把蛇皮袋子和馍口袋用石头压住以免被风吹跑，每人只提一只竹笼再散开来，一株一株汇成一把，一把一把汇成一堆，一堆一堆再汇成一笼，小心地提着竹笼走近蛇皮袋子，再一把一把地捋码好装进袋子里。每次回来装韭菜的时候，几个人就着刚掐下来的野韭菜吃些馍，吃够了继续掐，如此反复好多次，袋子才能装满。

就在我高兴地把一蛇皮袋子韭菜装好准备下山回家的时候，一不小心被石头绊了一跤，身体本能地往前一倾，可也就是这一倾，装满韭菜的蛇皮袋子骨碌骨碌地滚到山下去了。我一看，急了，哭出声来。堂姐她们几个也傻眼了，站在那儿，不知该咋办。我哭着对堂姐她们说，等我一会儿，我下去捡。往往是祸不单行，谁知，当我边哭边爬把菜袋子扛着快到她们面前时，可能是袋子太重，也可能是我太着急，脚下一滑，人便摔倒了。本能使我还死死地抓着菜袋子不放，可着劲地想站起来，脚脖子却钻心地疼，我好几次都没有站起来，一会儿的工夫，脚脖子便肿了起来。我大声喊，大声哭，堂姐便下来接我，此时我的脚已经肿得老高，堂姐一看，啥都没说，背上我的菜袋子，一手拉着我，一手抓着路边的藤蔓，硬是把我连拽带拖地拉了上来。

脚刚一扭，还可以忍着走一点路，但离回家的路还很远，很长，还没下到山底，脚脖疼得硬是一步都挪不动了，身上还有十多斤重的菜袋子和挎在胳膊上的竹笼。刚才还晒得人脸生疼生疼的太阳这时也一点点地西沉，直到落下西山。我们几个还慢腾腾地行走在山路上。对于我的脚伤和哭声，她们几个也很无奈，一人扛一个比自己还粗的蛇皮袋子，就已经很疲惫了，谁也照顾不了谁。到底，堂姐离我亲近，她不忍心看我瘸着脚艰难地一边走一边哭，就让其他几个人先回去，叫家里的大人来接我们，她则陪着我坐在山下的路边等着……

我不知道等了多长时间，只知道等得太阳落山了，等得天边暗淡下来，等得黑夜向我们扑来。饿了，忍着；渴了，忍着；但最难熬的还是害怕，四周黑魆魆的，我们姐妹俩都不敢出声，堂姐把我搂在怀里，静静地坐在路边的石头上。夜静悄悄的，没有一丝声音，偶尔空中飞过一只小鸟，或是身旁掉下一块石头，发出咔啦啦的响声，就惊得我们出一身冷汗。大伯和我的大哥二哥终于来了。大哥背着我，二哥背着我掐的韭菜，踏着若隐若现的月色朝回家的路走去。

一路上，我的脚疼得哭，大哥的心疼得也在哭，我趴在大哥的背上，不时地听到他强忍着的低低的抽泣声；只有二哥好像一个没心没肺人似的，一路走一路笑话我……

说实话，那时的韭菜味道的确很美，很香；如今盘子里的韭菜也是翠绿翠绿的，然而我却吃不出当年的那个味道了。

山还是那个山，水还是那个水，但如今人们的胃太挑剔了，对于美味的享受能力和当年大不相同了。丰衣足食，营养过剩，优裕的物质生活把人们娇惯得忘了小时候缺吃少穿的岁月，忘了那因为生活疲于奔命艰难度日甚至让人揪心的年代。

知足吧，现代的城里人，还有富裕之后的乡村人！

那山，那水，那人

系列之二——人

吃惯了白米细面，咽惯了鸡鸭鱼虾，每到饭时，竟不知吃啥为好，看着餐桌上的大鱼大肉和各种各样的蔬菜，竟还是没有多少食欲，反倒想起小时候吃的粗茶淡饭，令人回味无穷。

刚一交上春，路边田野的小草从冬天的睡眠中醒来，懒懒地伸一下腰，便迫不及待地挣脱泥土的束缚，伸出头来，急促地呼吸的空气，发疯似的扯长身子向外探着脑袋。

进入四月，路边的槐花随处可见。那一股股特有的槐香随风沁人心脾，不由得脚步放慢，贪婪地闭上眼睛深深地呼吸着，尽情地享受着。突然之间，想起了母亲的槐花麦饭，想起了母亲的酸菜搅团，更想起了母亲的“野菜面”。

那是一段饿殍遍野的日子，被叫做“三年困难时期”。

过完年，只要星期六放学，吃过中午饭，便挎上竹笼，拿上母亲用旧布把一头包起来的小刀，约上村里几个年龄相仿的小伙伴，一块儿到村外的麦田里去剜野菜。

也许是因为冬天的寒冷还未走远，也许是春姑娘的脚步太慢，也许是人们渴望得到野菜的心情太急，总之，田野里的绿色并不理想，麦苗和野菜都还没有活泛起来，偶尔冒出地面的一棵两棵野菜都被早来的伙伴剜走了。我尽量睁大眼睛，在麦地里用心地搜寻着，希望见到一棵两棵能吃的野菜。偶尔碰到了，就急急地剜起来，抖动掉菜根的泥土，小心翼翼地放进菜笼中，甚至还会用手按一按，生怕野菜长了腿或者插了翅膀飞了，跑了……

野菜少得可怜，而剜野菜的人又多得出奇，往往是整整一个下午也剜不到一篮子。有一次，我和隔壁的清萍在吃饭时就商量好，今天不去村东边了，那儿虽然地肥水多，野菜相对地多一点，但剜菜的人也都集中在那里。所以，我俩便来到了村北的老北岭，去那里剜菜的人特别少，几乎没有人去，因为那里是村子五队和六队埋葬死人的地方，黑压压的一片坟地，既偏僻又离村子远，加上没有水源，土地长年干燥，不长庄稼，更主要的是那里阴森森的，让人想起来都毛骨悚然。谁愿意去那种地方剜野菜？就连村里人种庄稼也看不上这鬼地方，随便撒一把籽种，爱长不长！

我俩偷偷地来到坟地，偌大一个老北岭，就我们两个小孩子。我俩始终不离开一步，故意大声说话，来减轻心里的恐惧感。

老天还真是垂怜我们，让我们一下子就找到了一大片“野菜”，一株一株长在一起，高的低的，相互之间离得都不太远，蹲下去一刀一个，向前移两步，又是一株。这种满地都是的“野菜”我们好像从来没见过，不但长得个大，而且还很匀称，叶不瘦秆不细，绿莹莹的，高兴得我们两个连说话的机会都没有了，手下的劲儿十足，不停地动着。不到半个小时，我们俩就剜了多半笼。不知不觉间，我们离坟地已经很近了。

“谁？在我油菜地里干啥呢？”突然间从坟地后面传来一声吆喝，吓得我俩扔了刀子一屁股瘫坐在地上，不知发生了什么事儿。等回过神来，我俩面前站着一位个子高高的黑脸男人。我爬了起来，立刻把菜笼抱在怀里，死死地抱着……

“你俩是谁家的娃？咋糟蹋人呢？把我种的油菜都给剜了，你爸是谁？”那个男人一边黑着脸问我们，一边气得夺过我们手中的菜笼，“回去叫你爸来我屋，给我赔油菜！我是五队的贤斌。”

说完，那个黑脸男人愤愤地提上我们剜的“野菜”，头也不回地扬长而去，根本不理睬已经吓得软瘫在地上的我们两个。并且嘴里还一直在嘟囔着：“这简直是糟蹋人哩，瞎怂娃，就知道害人。”

没有剜到野菜，菜笼还被人家夺走了！我俩四目相对，愣愣地坐在地上，不知如何是好。唉唉，这可咋办啊，回去咋向父母交待呢？

天黑了，我不敢回家，一个人静静地靠墙站在门外，听着家里人焦急的说话声：“天都黑了，咋还不见娃回来呢？”婆对母亲说着，“去，到村里看看，是不是又到谁家疯去了。“

我没疯去，但我捅下马蜂窝了，不敢回去，只能悄悄地站在门外，不敢出声。过了一会儿，看着母亲从东巷子回来，说是没有找到我。婆和母亲哪里知道，我就站在门外的山墙后边，而且在瑟瑟发抖。屋内婆和母亲点着煤油灯，光线昏暗，风一吹灯焰东倒西歪，忽悠忽悠的，婆立刻用两手捂了油灯。屋外一片漆黑，我又怕又饿，看着油灯，不由得想起前几天二哥吓唬我时说的话来：人死了就变成鬼，远远地就像火一样，所以叫鬼火。此刻看着屋内的灯火就觉得和鬼火一样，阴阴森森。越想越怕，越怕越想，突然间树上几只花公鸡又打起仗来，扑腾扑腾扭在一起，嘎嘎叫着就跌了下来，落到我的脚前。我一下冲进屋里扑到婆的怀里，浑身哆嗦着一句话都说不出来，双目一黑跌坐在地上，什么都不知道了。

等我醒来时，已经是第二天的中午，婆把我紧紧地搂在怀里，嘴里还不停地骂着："你个老鬼，想娃了就远远看看，吓的娃干啥，看把娃吓成啥了。"婆一边说一边还用放在身边碗里的水往我身上洒着，然后又向门外一扬手说，"对了，回去，让娃快点灵醒，以后看娃的时候小心着，别再吓着了。"

我知道，那是婆对已经逝去两年的爷爷在说话。

后来我才知道，就在那天晚上，五队的贤斌提着我的菜笼来到了我家，把我昨天祸害他家油菜苗的事对父亲说了。在村里论辈分我得把贤斌叫叔，贤斌叔是个好人。他说，他当时非常生气，好不容易长起来的油菜苗让娃"糟蹋"了，他心疼啊！没多想，就把娃的笼夺走了。但回家后他越想越不对劲，不该在那阴森森的坟地里把两个小孩子丢下不管。想来想去，放心不下，他就到我家来看看。贤斌叔不但没让父亲给他赔油菜苗子，还把我挖下来的

“野菜”也拿来送给了我家。

婆心疼我，一直把我搂在怀里。看我一夜不醒，认为我是去了埋葬爷爷的地方，是爷爷的魂灵吓到了我，唉，那个年代，那个时候，婆她……

儿时的日子过得十分辛酸，经常都要用野菜来充饥，但人和人之间那种浓浓的亲情却是真真切切的，让我永生永世忘不了；儿时的日子虽然过得相当艰苦，但却让我懂得了生活的真谛，懂得了感恩。

亲不亲，故乡人！故乡是我的根，父老乡亲永远是我的亲人。不管我走到天涯海角，我将永远记着故乡那老老实实淳朴善良的每一位人。

知道贤斌叔仙逝的消息后，我特意从城里回到老家，在他的灵前恭恭敬敬地上了一炷香，祝他老人家在天之灵安乐幸福……

那山，那水，那人

系列之三——水

我十一岁时，考上了白玉堂中学。

我家所在的玉山公社，有两所初级中学，我没有选择离家最近的许庙初中，却报考了离家十多里地的白玉堂中学，究竟是什么原因，直到现在我还是百思不得其解。

我自小就又瘦又小，尽管家里有三个哥哥和一个弟弟，但好吃的都与他们无缘，悉数落在我一人肚中。就这种优越条件，也没有把我吃得胖起来，估计就是大人们常说的那种“偏吃不胖，偏上不壮”的人吧。

上了初中，就得住校，每个星期天得回家背一次干粮。如此反复，日复一日，花开花落，秋去了冬又来了，送走了春天又迎来夏天。又瘦又小的我，背着比体重还沉重的一布袋干粮[1]和书包，自然是负重不堪。二哥心疼我，每个

① 干粮：指馍馍。

星期天的下午都会送我到学校，安顿好他再回去。

比我个儿高不了多少的二哥替我背着馍布袋和书包，走在前边，我紧紧地跟在后边，每每看到他那清瘦的背影，我的眼眶里总是湿湿的，不知是感激还是欣慰……

记得那年冬天，天气特别冷，天空就像被谁戳了一个窟窿，早早地飘起了雪花，一连数日大雪纷纷，沸沸扬扬，地上、路上、村里、田野、房舍都白茫茫一片，远远看去，天地连在一起，分不清哪个是天哪个是地。小时候，冬天似乎格外寒冷，每个人的手脚几乎年年都冻得又红又肿，哪一个人的脸上没有冻疮？不知是气候严寒，还是人们穿得太单薄，总之，企盼春天快来的愿望一日甚过一日。

星期天下午，二哥和往常一样，背起了我的干粮袋子和书包送我去上学。他戴着一顶黄棉帽子，两边护脸耳子上的绳子爹在头顶，走起路来一上一下地闪着，脸蛋和鼻尖冻得通红，嘴里呼着热气，蹒跚地行走在雪地上。我空手跟在二哥身后，时不时地滑上一跤，摔得屁股生疼。二哥又回转身来扶我，牵着我的手继续赶路。

二哥的手冰凉冰凉的，但我的心里却热热呼呼的，因为上学路上有二哥相伴。

从我家到学校，有一条小溪，名叫甘河子。甘河子没有桥，平时人们都是踩着列石[1]过河，虽然趔趔趄趄，但大都是有惊无险，能安安稳稳地渡到河的另外一边。但这次与往常不一样了，雪花落在石头上，格外的滑。二哥走在前边，刚踩上去就滑得一只脚掉进水中。他赶紧回头招呼我先不要过，石头太滑了，等他把馍袋子和书包背过去放在河对岸，再来接我。

看着二哥在石头上如同走钢丝般一晃一晃的样子，吓得我浑身起了一层鸡皮疙瘩，两脚发软，双腿打颤，迈不动步子。二哥看着我颤颤怯怯的模样，就故意装出若无其事的样子说："嗨嗨，有哥在，没事，咱都是老江湖了，还怕过一条小河不成……"

二哥虽然嘴里这么大不咧咧地说着，其实他的心里也在犯嘀咕，说话的腔调明显带着颤音。他牵着我的手一步一步慢慢地在河水中的列石上走着。因为是初冬，雪花飘下来也坐不住，河水还没有结成厚冰，只是薄薄的一层浮在水面。战战兢兢，哆哆嗦嗦，我们踩在有点薄冰的石头上，冰下的流水浮着晃眼的浪花，让我头晕眼花，身子不由自主地倒在了二哥身上。受了外界的冲力，二哥身子一

---

① 列石：横摆在河水中供人们踩着过河的一溜石头。

歪，猛地把我推到岸上，由于使劲太猛，他的身子失衡，打个趔趄跌倒在河水中，棉衣、棉裤还有棉帽子一下子灌满了冰凉冰凉的河水。当他从水中爬起来的时候，满身的冰碴子带着河水直往下淌。我简直吓坏了！

我是被二哥推到岸上的，倒在了雪地上。一看二哥掉到水中，我急忙爬起来，扑着要去拉他一把，但是，二哥却愣个劲朝我摆手："不要过来！不要过来！"

二哥踏上岸后，一边拧着湿衣服，一边对我说，没事，一会儿就干了。这是冬天呀，湿了的棉衣咋能一会儿就干呢？我知道，这是二哥在安慰我。我的心这时也掉到了冬天的河水中，凉透了。一路上我哭着对二哥说："以后我不去念书了，再也不用你送了……"

二哥的脸冻得发紫，嘴唇哆嗦着，上下牙齿磨得咯咯直响，但他却努力地对我说："那咋能行，哥不是念书的料，以后还指望跟着你沾光呢！"

二哥的步子越来越小，走得越来越慢。等他把我送到学校，身上的衣服已冻得梆梆硬的了，并且外面还挂了一层冰花。

从那天起，我恨死了冬天，恨死了那条小河，恨死了那冰冷的河水。

现在好了，镇政府在甘河子上面架起了钢筋水泥大桥，村里人再也不用踩着石头过河了。每当我踏上那座平坦而宽阔的水泥大桥，就会想起二哥那梆梆硬的棉袄棉裤和衣服上那一层冰花，还有他那一脸的憨气。不过，只要想起二哥用心来呵护我的那种亲情，我心里永远都是热呼呼的。

一块月饼

走进超市，各种各样包装精美的月饼琳琅满目，摆在最显眼的地方。各家的小姐满脸堆笑地迎接着每一位来往顾客，并用甜美的声音介绍着各式各样月饼的特色和口感。边听介绍，边向月饼架走过去，拿起这种又望见那种，每一盒都抢眼，每一种都想尝。还没买到手，就馋得流出口水来。

导购小姐看出了我的馋相，立即扭过身端出一只小塑料盘子，里边盛着早已切成小块的月饼，有什锦馅的、豆沙馅的、蛋黄馅的、五仁馅的等等，上面还插着一支牙签，递过来让我尝尝。我不好意思地拿起一块豆沙馅的放进嘴里，慢慢嚼起来，甜、面、沙、油、香，特别好吃。此时，盘子里一块块月饼渐渐地模糊了起来，头上顶着毛巾、上身穿着青色粗布大襟夹袄、下身着灰色宽裤腿、脚上穿着自己亲手纳的毛层白底黑色布鞋的奶奶，向我颤颤悠悠地走来……

记忆的思绪就像潮水般涌上了心头，三十多年前，奶奶从木柜里给我递过来的那块用几层报纸包着的已经发生了霉变的月饼，忽然出现在我的面前。

在没有吃到奶奶的那块月饼以前，我从来没见过月饼，还没听说过世界上有一种好吃的东西叫月饼。看着奶奶递过来的月饼，竟然不知道是啥东西，对于上面生出的霉点，也不懂得是坏了，还以为像农村过年过节蒸花馍时故意点缀的红颜色一样，也许是为了好看吧！

奶奶把我拉到后屋的火炕边，悄悄地把月饼塞给我，说："快吃，我的乖孙女啊，婆给你藏了好多天，伢你从你舅家就是不回来。"

拿着月饼，仔细地瞅着这个新鲜的吃食，却怎么也舍不得吃。我把它又用报纸包起来装在口袋里，问奶奶："这是啥啊？"奶奶说："你志刚爸八月十五来咱屋里，给我和你爷一人拿了一个，说是月饼，我把它切开来，咱一人尝一块。你快吃，小心别人家的孩子看见了。"

第一次听到"月饼"这个名字，感觉很新鲜。在我的老家峒峪村，那时不过年不过节的日子，天天吃的都是黑馍，即使在五月端午、八月十五这样的传统节日里，最多能吃到的就是白面蒸馍——说是白馍，其实只是里边添加了点白色玉米面而已。如果家里有点办法条件略好一点的，也不过吃一次仁汗菜包子或者萝卜丝包子。呵呵，今年这个中秋节，居然有月饼吃。月饼呀月饼，这么稀罕的东西，唉唉，说啥我也不舍得把它吃掉。

出了门，一路小跑，手一直捂在口袋上，生怕月饼长了腿从口袋里跑出去。我要向邻家一个和我年龄相仿的社婷姑，去炫耀炫耀。

我们俩来到打麦场最后边的麦草垛旁边，把麦草垛掏了个洞，猫着腰钻进去，坐在草堆子里，又用刚才掏出来的麦草把面前的洞口挡住。当确定四周无人未被任何人发现时，我才小心翼翼地从口袋里掏出包裹月饼的报纸，一层一层地剥开，让社婷姑看看月饼是个啥东西。我们俩都低着头，挺认真地，带着研究性的，然后商量着怎样把这块月饼吃掉。

社婷姑提议把它掰成两半，一人一块。

我说："不，那样太快了。"

社婷姑又说："那咱一人一口，一次只咬一点点，只要牙齿能咬得住就行了。"

"不行，不行！万一谁咬得多了，不就一下子咬完了吗?”我说。

我们俩商量了好长时间，也没有商量出怎样既能够吃得时间长又能多尝一会儿月饼的味道。正当我俩发愁的时候，外面突然传来了“簌簌簌”的响声，我赶紧把月饼又用报纸包好，装进口袋里，我俩谁也不敢吱声，静静地窝在麦草堆里听着外边的动静。社婷姑比我大一两岁，胆子稍微大点，她用手拨开挡在眼前的麦草枝儿，朝外瞅了一眼，哦，原来谁家的小黄狗和小灰狗在绕着草麦蹭痒痒呢!

看来这个地方不保险，我对社婷姑说：“咱俩还是出去，从麦草堆后边的石硷上到麦草堆上边去吧，躺在上面，谁也发现不了咱俩。”

社婷姑说：“行，好办法。”

上到麦草堆上趴下来，我又掏出月饼，像刚才一样一层一层地绽开报纸，在还没有想好咋样个吃法以前，把月饼摆在面前，两个人都用手支着下巴，一边看月饼一边流口水，但谁也舍不得立刻吃了这块月饼。翻个身，两个人又躺在麦草堆上，看着天上的白云，一团团雪白雪白像棉花一样，似牛似马，似山似树，在天空中翻来覆去变化着形态，一会儿向东，一会儿又向西，自由自在来来回回地飘着，偶尔一股风吹散了马群，立刻又有一群羊姗姗而来，特别是那只领头的羊，脖子上还系着一只铃铛，叮叮当当地响着，向天边跑去……

黄昏总是来得那么快，还没等山野上被日光蒸发起的雾气消散．太阳就落进了西山。于是，小河边岚气带着浓重的凉意，驱赶着白色的烟雾，向大场里游荡；而河对岸山峰的阴影，更快地来到村庄里。我和社婷姑还没有舍得吃掉月饼，等天空越来越黑时，我们两个又翻了个身，趴在麦草堆上，听着母亲在村口喊着我们回家的声音，最后终于下了决心，又一次看了看月饼，说：吃吧，吃完回家。

坐在麦草堆上，把报纸铺在腿上，拿起月饼，我一边掰着月饼，一边还拾着掉下来的碎屑往嘴里塞着，一人一小块一小块地吃着，红枣样大的一块月饼，我们足足吃了有十多分钟时间。

当吃完后体味月饼的味道时，我问社婷姑："怎么样？月饼是酸的还是甜的？"

社婷姑摇摇头，说："不知道，好像是香的吧。"

从麦草堆上下来往回走的时候，我对社婷姑说，月饼不好吃，社婷姑也说，就是的，太酸了，和咱们平时吃的剩饭坏了一个味。我俩得出一个比较认同的结论：月饼是酸的，不好吃！

第二天，我们两个都拉肚子了。社婷姑的爸爸还到赤脚医生那儿买了几片治拉肚子的药呢……

导购小姐问我："大姐，你想要哪种？我们这月饼特新鲜，特地道，特……"

我的童年梦被导购小姐一句话打断了。奶奶从我的面前蓦地走开了……等我回过神来再回忆刚才的情景时，奶奶早已走得不见了踪影。

我拎着一盒豆沙馅和蛋黄馅的月饼走出超市，直接跳上路边的出租车，向回老家的方向驶去。我要去奶奶的坟前，给奶奶送八月十五的节礼：两盒新鲜的、香甜的月饼。

三个柿子

秋天到，秋天到，
田里庄稼长得好。
棉花朵朵白，
大豆粒粒饱，
高粱涨红了脸，
稻子笑弯了腰，
葡萄紫，柿子红
……

看着村外朝坡一树树红彤彤的火晶柿子，小时候经常吟唱的儿歌突然间在嘴里冒了出来。

我家人口多，粮食紧张，特别是到了青黄不接的时候，大家都会用瓜、果代替粮食来填饱肚子。

秋天，柿子便是填饱肚子最重要的食品之一。

每逢柿子成熟，队里统一摘村北朝坡和村东四渠里柿子的时候，我们小孩子都高兴得就像过年一样，紧紧地跟在大人的屁股后面，提着担笼，准备把分给自家的柿子拿回家去。

朝坡，在我家屋外的北边，一排两行几十棵柿子树，整整齐齐地排列着，到了柿子成熟的季节，远远望去，就像挂在树枝上的红灯笼，红艳艳的，能馋死人。我经常站在屋背后的打麦场上，向朝坡看着整树整树的柿子从开花到结果，由青涩到透红，然后又一日一日地盼望着生产队长赶快召集大人去摘柿子、分柿子。

终于盼到了摘柿子的那一天，全队的小孩子都跟在自家大人的屁股后边来到村北朝坡地里，大人上到树上，把竹笼架在树杈之间，小孩站在树底下，把从树上掉到地上的柿子拾起来放到笼中，然后再一笼一笼地集中在生产队里的大场里，等着全生产队的柿子摘完了再一堆一堆地分给各家各户。

那是我们最高兴的时候，自从柿子倒在大场上，我们就早早地守在那里，等着队长或者会计把柿子拨开，然后用眼睛瞅着，每一堆都要看一遍，最后挑出自认为最大最好的那一堆，就一直站在这堆柿子跟前，等队长检查后让往回拿的时候，每个人都忽地一下子扑到自己挑好的那堆柿子上，等着大人把柿子用笼担回家。

柿子分到自家，每天早晨上学的时候，所有的学生书包里装的都是煖熟了的几个红柿子，当早饭吃。

空心肚子吃柿子，一两个还不打紧，但吃得多了，胃里特别难受，发酸，发呕，胃很不舒服。民间有一句谚语：空心肚子吃柿子，吃到肚里搅柱子①。

那时，我们家特穷，只有两间房子，其中一间还是供大家行走的过道。一年中，不管春夏秋冬，父母都睡在过道门口用木板支起来的床上，春夏秋三季还可以凑合，可是到了冬天，东北风顺着门缝子钻到房间里还呼呼地刮着，有多冷，只有父母他们两个人知道。他俩盖着一床缝了又缝、补了又补的破棉絮被子，硬是忍着严寒度过冬天。实在冷得不行，母亲就去村里的诊所要来两个打完吊针的空瓶子，灌进开水，放在被窝里取暖。就这样，父亲和母亲一夜夜地熬过冬天，盼着春天。

有一天早晨，大哥二哥和三哥都已经上学走了，只剩下我一个人在里间磨磨蹭蹭地收拾书包。

母亲让我们上学时每人拿两个柿子，不能多拿。哥哥

① 搅柱子：互相打架的意思。

们走后，我偷偷地给书包里多放了一个。母亲看我迟迟不见从里间出来，觉得有点异常，就问我拿了几个，我说，两个。母亲不相信，再问了一遍，我还是嘴硬着说：两个。母亲让我把书包递过来，她在里面摸了一下，掏出三个柿子。母亲一下子生气了，从床上坐起来，非让我把多余的那个柿子放回去不可。我“哇”地一声哭了，说：“就两个，多余的那个是我昨天没舍得吃的。”

我说了假话，母亲更生气了。她把三个柿子在我面前一扬，说：“如果真是昨天的柿子，应该是凉的，而你书包里装的这三个柿子全是热的，刚从锅里捞出来的。”

我一边哭着一边说：“昨天我吃了别人一个柿子，今天得给人家还一个。”

母亲听完我的话，一下子把我抱在怀里，抽抽噎噎地哭了起来。接着说：“娃啊，本来多拿一个柿子不要紧，但妈妈不能惯你撒谎说假话的坏毛病。去吧，快上学去。”

后来，听父亲说，母亲为这件事哭了好几次，说她不应该从我书包里把那个柿子掏出来，让孩子既伤心又没面子。

三十年后的今天，我站在阳台的落地窗前，看着对面张学良公馆里那一树树熟透了的红柿子，思绪万千，感慨多多，想起当年为了多拿一个柿子惹得父亲和母亲伤心流泪，到底都是为了什么？还不是一个“穷”字！今天，柿子虽然红红地熟了，但风吹雨打，一颗一颗最终落到地上，甚至烂掉也无人问津，唉唉，谁还会为一个小小的柿子伤心落泪呢。

我不爱吃豆腐

豆腐，在现在人的餐桌上属于很普通的菜品之一，已经很平常了，只要任何时候想吃，都可以放开肚皮吃个美，吃个饱；而在三十多年前，谁要是想吃一口豆腐，那真是难之又难，比现在普通人想吃一次鲍鱼还要艰难得多。

记得在我小时候，从腊月二十五这天起，父母都会帮村里人免费做豆腐，为的是能留下做过豆腐后剩下的豆腐渣，再就是让我们这些馋了一年的儿女也能吃上一碗又嫩又滑的豆腐脑。

父亲规定，在做豆腐的那几天，谁帮忙烧锅，谁晚上就会吃上一碗豆腐脑。

于是，我们几个人都争着帮忙烧锅。在互相争执不下的时候，大哥说："咱们轮流烧豆腐锅"。其实，现在想想，那时烧锅人主要还是大哥和二哥，我和三哥都小，也不过七八岁的样子，哪能烧得了锅呢。

烧豆腐锅听起来简单，而真正烧的时候却不那么容易。

首先是柴禾的问题，主家人是不提供的，得我们自己准备。为了解决这个问题，那几年，只要是放假，大哥肯定会领着二哥、三哥，每人担两个竹笼，去野地里搂叶叶柴。我的主要任务是替哥哥们扛着几把竹笆子，穿梭于村外的阴坡和阳坡之间。哪里树多，哪里风大沟深，哪里就会出现我们姊妹搂树叶和秸秆树枝的身影。搂回来的秸秆树枝因为太潮湿，还得晒干，然后码起来，等做豆腐时再用。

开始做豆腐的那几天，我们都很卖力，从不偷懒，父亲说需要大火，我们就两手抱住风箱使劲拉；父亲说不敢火大了，改用小火，我们则立即停止拉风箱，让火苗自己在灶膛里悠悠地燃烧。

为了那碗晚上才能吃到嘴里的豆腐脑，我们辛苦一天仍然精神十足。看着一锅又一锅的豆浆被父亲一勺一勺舀到缸中，再点上石膏，等豆腐脑形成了，再一瓢一瓢刮到包里，然后用布包成一个四方块，上面压几个大石头，多余的浆水就唰唰地被挤了出来。不要说那白嫩白嫩的豆腐脑，就那包里飘过来豆腐的香气直往鼻子里钻，那个馋劲啊，真是不好形容。咸咸的淡淡的口水在嘴里打着转转，咕隆一声又猛地吞咽下去，喉结在脖子上下滚动……

不要说我是个馋猫，就连大哥二哥也都盼着天赶快黑下来，赶快做到最后一锅。因为最后一锅我们才有豆腐脑吃。

我记得，父亲那时好像一天能做三四锅豆腐的。前面几锅父亲绝对是不让吃的，因为那几锅都是村里邻家人的，最后一锅都是我们家的至亲，比如二大家，比如大伯家，比如姑姑家……当听到父亲喊“拿碗来”的那个时刻，我们几个高兴得脚步都乱了，一不小心就把放在锅灶间的板凳踢翻，人也会被绊得摔在地上，啃个满嘴土。即使这样，也丝毫不能减轻吃豆腐脑的热情。

记得有一次，父亲把点过石膏刚刚成型的豆腐脑舀起来，盛在布包中，还没来得及收包压石头，门外不知谁在喊父亲，他攥着两个带有豆浆的拳头跑了出去。我见他出去了，立刻拿起一个粗瓷大老碗，跑到豆腐缸前，掀开包布，用碗直接从豆腐缸中挖了一碗豆腐脑，顾不得调任何调料甚至连盐都没有放，端着碗急急忙忙地跑到后门外边的过道里，没用几分钟便把那碗白生生的豆腐脑狼吞虎咽地吃了个净光。后来，父亲还是发现了我的“恶行”，气得拿起笤帚在我的屁股上结结实实地擂了十几下。

偷吃了豆腐脑，不仅挨了父亲的打，还被勒令站在屋外反省。到了晚上，我都不敢回我家去睡，悄悄地钻进后院奶奶的被窝。半夜，我的哭闹声把奶奶吵醒了，奶奶问我怎么了，我说肚子疼，难受。奶奶用手摸着我的肚子，胀得像扣了一个小鼓一样。奶奶一边哄着我，给我揉着肚子，一边骂着父亲："娃吃碗豆腐脑能咋，大冬天的把娃关到门外，连冻带吓的，嗯，肯定是吃了搁在肚子里，消化不了……"

尽管奶奶给我又是揉又是抚摸，但肚子疼不但没有减轻，反而越来越严重了，一会儿吐一会儿拉的，一个晚上折腾了好几次。终于在天快亮时，我才昏昏沉沉睡着了。

天亮后，母亲来到奶奶家，看见我连衣服都没脱躺在奶奶的怀里，伸出手准备把我抱起来时，母亲惊得叫了起来："妈啊，娃咋烧成这了！"奶奶正在扫院子，听到喊声，急急忙忙跑了进来，摸着我的额头，对母亲说："赶快，叫他有贤叔来，给娃打一针。"

偷吃那碗豆腐脑的代价，是讨来了三天针，还吃了不少白片片药。更让我得不偿失的是，从那以后，我不爱吃豆腐和豆腐脑了，就连豆腐的味道也不能闻了，只要闻见那股特殊的豆腐味，我的胃就翻江倒海，头就发昏发晕，甚至呕吐不止。

三十多年过去了，岁月磨去了人生的多少锋芒，也同时磨去了我的那些个怪毛病。

经不住报纸和其他媒体大力宣传的“豆腐既能美容，又能强身健体”的诱惑，我便想试着吃上一口。吃了一小口之后，竟然发现现在豆腐的味道并不是我小时吃的那种味道，餐桌上的麻婆豆腐、虎皮豆腐、家常豆腐很多品种，都很好吃。排斥了三十多年的豆腐，原来并不是当时那碗没有加任何调料甚至连一捏捏盐也没放的那种味道。

我慢慢地又喜欢上了豆腐，还喜欢早晨那杯不放糖的豆浆。

起花盘

在我们老家蓝田县峒峪村，有一个很古老很古老的风俗——起花盘。

起花盘，就是村子里谁家生了小孩，第二年所有的亲戚都要为小宝宝用面粉蒸一个又大又白的花鱼馍。鱼眼睛用红枣点缀，身子成弯曲状，嘴巴里塞条红辣子，尾巴用剪刀剪开再拨成八字形，成游泳状。一条大鱼，一条小鱼，同时装在木盘中，再用红包袱包了，送到小宝宝家中。

听婆说，在她小的时候，她的外婆就给她起过花盘。

我小时，不知道外婆是否也给我起过花盘。

每到三四月份，村子里几乎每天都有起花盘的人。

村里的乡情是淳朴的，不管谁家收到花盘，都会把大鱼切成一指厚的馍片，盛在木盘中，用一片白布盖了，端到巷子里，挨家挨户地散花馍，村里人叫做散花盘。

我小的时候，人们正处在缺吃少穿的年代，一身衣服要从春天穿到冬天，第二年补块补丁穿在里边，又从春天穿到冬天。一年四季，尽管人们早出晚归地把太阳从日出背到日落，从早晨劳作到晚上，辛辛苦苦地耕作在田地里，但一年到头还是家家都吃不饱，人人都挨饿。每逢村里有人散花盘时，我们一群小孩子总会跟在人家屁股后面，进这家门出那家门，贪婪地看着人家散花盘。有时候，大人会把盘里碎了的小馍块递到我们手中。在接过小馍块的那一瞬间，立刻扭转身跑到一个没人的地方藏起来，小心翼翼地把馍块一点一点地再掰成更小的块儿，然后才一点一点地慢慢地塞到嘴里，含着不用牙咬，等馍融软后慢慢地咽下去。其实，馍块很小，根本就不用牙齿去咬。

想起我小时候为了能跟着我妈给堂姐家的孩子起花盘走亲戚的事，到现在都觉得可笑。

堂姐嫁给离我们村子七八里地的大寨村，和我们村隔了条灞河。那时候，灞河上还没有架桥，村民往返只能踩着列石过河。在两天前的傍晚，我偷听到母亲和大妈商量着要去给堂姐家的娃儿起花盘的事。于是，我就也在偷偷地做着和母亲一起出门的准备，在村子里借了别人一身新衣服，悄悄地藏在被窝里，生怕被母亲发觉。到了起花盘的那一天，母亲喊我起床上学，我装着和往日一样，背着书包向学校走去。其实母亲哪里知道，我并没有去上学，而是换上借来的新衣服径直去了大妈家。

母亲端着花盘和大妈会合的时候发现了我，气得脸都变青了，但碍于人多没有骂我，只好领着我一块儿去堂姐家。

那天风刮得很大，过灞河的时候，我因为又小又瘦，列石与列石之间的距离太大，风刮得又紧，我站立不稳，“扑嗵”一下掉到河里了，母亲一把拽住我的衣服，将我从河水中捞了出来，可我却变成了落汤鸡，浑身湿漉漉的，水顺着裤腿流到地上。一行人看着我，哭笑不得。母亲没有笑，她很生气，一直用不友好的眼神瞪着我。

虽然我掉到了河里，浑身上下没有一件衣服是干的，但我那天穿着湿衣服却还是高兴了一天。

上午的臊子面吃了两碗，下午的蛋蛋馍不知吃了多少个，更重要的是，午饭还吃到了大肉炖粉条，啊啊，一年难得吃一次的大肉炖粉条！

当然，起花盘回来的那个下午，免不了母亲一顿扫帚疙瘩。

拾麦子

一大早，窗外的算黄算割鸟就叫个没完没了。

又是一年六月天，又是一年收麦季。

早在一个月前，我曾打电话告诉姨夫，割麦的时候想回去，再回味一次小时候给生产队拾麦子的趣事，可姨夫说，还拾啥麦子呢，早都不用镰刀割麦了，改用收割机，哪来的麦子可拾呢。

撂下电话，想了想，是啊，农业技术发展到今天，哪还有人再用镰刀割麦呢！

小时候收秋收麦两个季节，总能听到奶奶对家里人说："秋麦两忙，绣女下场。"那时候，学校也会放假，让我们这些小学生参加生产队力所能及的劳动。

大哥和二哥是初中生，他们跟着大人一起去割麦；而我和三哥还小，只能提着竹笼和生产队里与我们同龄的小学生一起，跟在割麦队伍屁股后边捡遗落在地里的麦穗儿。

上工时间，孩子们都可以光明正大地提着竹笼穿梭于麦地里的各个角落，因为那时捡的麦穗在放工前要统一交到生产队里。而在放工以后的午饭和晚饭时间，孩子们都是偷偷地来到地里，在看麦子人的背后或者阴沟里悄悄地拾麦子，这时拾的麦子，归个人所有，暗暗地拿回自己家了。

我也不例外，中午在父母吃完饭歇息的时候，顶着毒辣辣的太阳，戴着母亲割麦时顶的那只草帽，穿着一年四季都穿的那件花布衬衣，提着一只小小的竹笼，偷偷地摸出家门，来到麦地里。

我们这个小队看麦子的是一个叫二民的人，他从小就患有小儿麻痹症，拄着一双拐杖，跛啊跛啊地站在麦地制高点上，掌控着所有拾麦的小学生。每天中午，在其他社员都回去吃饭的时候，他就一个人留在地里，看护着早晨割倒而且打了捆的麦子。远远的看见有拾麦子的小孩过来，他就从树阴下站起来，把整个身子靠在树上，一只手拄着拐棍，一只手左右地摆着，并大声地喊："回去，吃饭去，还没到上工的时候，不能进地。"

他喊他的，我们拾我们的。

如果队长不在，或者没有其他人盯着，二民只是一只眼睁着一只眼闭着，喊一喊而已，并不真的过来赶我们。

起初，这些拾麦子的小孩还算老实，只是在拉过麦捆的地里到处走动，低头寻找遗落在没人留神的地方那一穗两穗麦子，可后来，看见二民并不在意，看守并不那么严格，胆子就大起来了。有人竟然一步一步向麦捆靠近。二民发现这些孩子“图谋不轨”，就大声地嚷嚷：“出去！出去！别到麦捆子跟前去。”

孩子们大概是摸准了二民的脾气，他喊归他喊，我行我素，自顾自地向麦捆跟前挪动。二民再呐喊再吆喝，也不去理睬他。

二民喊了一阵，看孩子们并没有走出麦地的意思，就一手拄一根拐棍，一瘸一跛地走过来，用拐棍像赶鸡那样驱赶孩子们离开麦捆地。拾麦子的孩子少说也有十多个，二民赶了这个，赶不了那个。孩子们也有意和二民捣蛋，一会儿跑到东，一会儿又跑到西，二民赶东边这群的，西边那群嬉皮笑脸地钻进了麦捆地。有手快的，还从麦捆子里抽一把出来，麻利地掐下麦穗放进竹笼里，扔掉麦秸秆，又装模作样地弯着腰在地里到处瞅着。当二民驱赶西边这群孩子的时候，东边的那群孩子又钻进去了。如此反复，二民一个中午都在麦地里跟孩子们转圈圈，热得满头满脸都是汗水。别看二民的腿瘸，在村子的街道上走路，很快，和正常人没有区别；可在麦地里不知为啥，始终走不利索，慢得不能再慢，有时还得停下来歇一歇。他的脖子上常常搭条毛巾，热得满头大汗时，边擦汗水边说："哎呀我的娘啊，这帮碎猴猴子，把我整得跑不动了……"

二民大声警告拾麦子的孩子："你们几个听着，如果让我撵上了，可别怪我不客气。"

孩子们刷个鬼脸，同样大声说："来啊，你来撵……"

二民大概真的累了，双手拄着拐棍，沮丧地说："唉，拾吧，拾吧！可怜啊，可怜的娃娃……"

等到所有社员都来上工的时候，二民就会扯着沙哑的声音说："差不多了，赶紧回去……队长马上就来了。队长不认人，逮住你，看不把你皮剥了着！"

如果个别孩子贪心不足，还不愿意离开麦地，二民就会凶巴巴地呵斥："滚，都滚！"

今年六月份，二叔家盖房子。架楼板的那天，我回去了，凑巧二民也来给二叔帮忙，他把双拐放在身旁，坐在一块石头上和大家说着笑着，很是乐观。我走上前，给二民倒了一杯水，双手递到他的手里，说："二民，还是当年看麦地时的老样子，一点也没见变化啊。"

二民接过茶杯说："好我的亚玲姑呢，咋能没变？老了，儿子都比我高了。你看你，那时候两个红脸蛋，两筒鼻涕流着，现在都成娃他妈了。”

三哥这时候也走了过来说：“多亏二民那时候看麦地，要是别人，恐怕连一穗麦子也拾不到。”

二民摇着头说，“唉，那个时候大家都可怜，要是有粮食吃，谁也不愿意去受那个罪……”

其实，二民即使放松看管，一个忙假下来，我们每个人拾的麦子也称不五斤……

旧事不能遗忘，旧事不敢遗忘。

婆的指甲花

二十年前，七十三岁的婆在等着吃大嫂的洋芋糊汤中突然去世了。事先没有任何征兆。虽然婆因高血压病了二十多年，但生活一直还能自理，谁也没有想到婆会突然离世。

婆是在春节过后的正月初八去世的，而我和父亲母亲是正月初六离开老家到西安的。我们走的时候，婆一切正常，还是像往常那样，侧身靠在大门上，眼巴巴送我们离开家门到西安打拼。

当大哥把婆病危的电话打给我时，我正在上班，顺口便答应了一句："我们很快就回来。"三个小时后，电话铃声又一次急促地响起来，我立刻意识到事情有点不妙，冲到电话机旁，拿起话筒。电话那头，大哥带着哭腔问父母和我咋还没回家。我的心不由得"咚咚咚"地跳了几下，立即疼得像针扎一般。

当我和父母急急忙忙回到家时，婆闭着眼睛安详地躺在门口的一张木板上，去了另一个世界，和我们阴阳两隔了。

我蓦地眼泪迷糊了双眼，鼻子阵阵酸楚，双膝软软地跪在婆那已经没有了温度的脚下，想着自己的无知和冷酷，怨恨自己为什么在第一次接到电话时没有及时告诉父母和父母立刻回家呢？同时痛恨自己为什么在前一天走的时候没有和婆多说几句话呢？我恨自己：那天离开老家时为什么没有回头再多看一眼婆呢？谁知道，仅仅两天后再回来的时候，婆就和我们永别了。婆已经再也不会像以前那样倚在门口接送我们进门出门了。

朦朦胧胧中，我觉得婆的身体渐渐地坐了起来，捆绑住她手脚的那绺布絮也慢慢地解开了，她拿起经常坐的那只褪了油漆的小木凳，向屋外的花园蹒跚走去。

自从搬了新屋，我们家就成了村里的独庄子。周围都是土地，每天只有我和婆两个人住在那里，无聊而寂寞。我上学走以后，家里就只剩下了婆一个人，她整天面对的都是孤独和寂寞，唯一的事情，就是每天站在大门口，漫无目的地向大路上望着，盼望我能早点放学回家，陪她说说话儿。

淑侠姐是我们峒峪村六队有名的胡拉海人，哪里热闹，哪里就有她的身影和声音，婆很希望淑侠姐能来和她说说话。有一天，淑侠姐真的来了，但她不是来和婆说闲话的，而是想要一点指甲花。

早前，听说淑侠姐和村里的女人喜欢用指甲花染指甲，婆就在我们的后院里种了一片指甲花。火红火红的指甲花，亭亭玉立、生气勃勃地长在那里，使寂寞了许久的小院增添了无尽的生机和朝气。

我知道，指甲花又名凤尾花，因其头、翅、足俱翘然如凤状。它盛开于每年五六月之间，不仅具有观赏性，而且还是爱美女士染指甲的心仪之物。在那个年代，村里人都很穷，一天三顿饭都吃不饱，哪里还有钱去买指甲油之类的奢侈品呢。自然，指甲花便成了女人们喜爱的东西。

指甲花在早晨和傍晚开得最为热烈，它热情、奔放、张扬、鲜艳，让人不忍心摘它，更不忍心把它揉碎。但指甲花却很大方，它无畏无惧，心甘情愿地奉献出自己的花和汁，让女人们把它的花瓣揉碎再和明矾搅和混成粘糊状，敷在指甲上，然后用桑叶包起来。到第二天，去掉包裹的桑叶，指甲便成了红色的。婆在每个爱美的女人拿走指甲花的那一刻，还会笑着说："染指甲的时候，千万不能放屁，否则指甲就变成了屁红色的，很难看！"

其实，指甲染的颜色不正，是因为明矾和指甲花的比例没有调和好。有的女人指甲没染好，其他人就开玩笑地说她肯定放屁了。

“百花皆竞放，指甲独静眠。春季叶始生，炎夏花正鲜”。婆肯定不懂毛主席的这首《咏指甲花》的美境和诗意，但她却知道，她种的指甲花可以让淑侠姐她们来我家，和她说说话儿。说家长里短，说谁家的媳妇又生了个大胖小子，说谁家的牛又下了个母牛犊。

婆每天都乐此不疲地早早搬着木凳，坐在花丛旁边，等着村子里的女人和孩子来。她会眼巴巴地等一个下午，盼着太阳落山，让在田地里干活的人们扛着农具早早收工回来，从她手里接过一簇簇、一捧捧指甲花。

当婆看到村里的女人每次因为染指甲时没有明矾而用食盐代替，染出来的指甲颜色不好看而沮丧时，她很难过，很伤心，于是，就专门跑了两里地来到镇上的邮局里，给远在渭南的父亲发去电报，让捎回一二斤明矾来。想想，一个大字不识的小脚老太太，居然能够花两个多小时挪到镇上，又央求邮局的工作人员替她发电报，而且还用上了“加急、必须”的文字，那是一种什么样的力量支撑着婆这么大方地奢侈一回呢？

婆是出了名会过日子的老太太，平时总舍不得花两毛钱吃一碗凉皮，而这次愿意花几块钱给爸发电报，我不知道她是咋想的。

村里吊唁婆的女人来了好多好多，一拨走了又来一拨，她们坐在婆的脚下，拖着长长的哭音，诉说着婆往日给予她们的念想。

淑侠姐嘴里还念叨着婆和她的指甲花……

我跪在婆的脚下，看着她瘦小的身躯静静地躺在那里，脸色平静，双眼紧闭。婆啊，您走得这么匆忙，没有给您的儿孙们留下一句话，也没有和您的指甲花道个别。不知道您的指甲花会不会因为您的匆匆离去而从此不再盛开？我想，指甲花肯定会依然和她老人家在世时一样，每年按时开放，红艳艳的一片，绚丽多彩，为村子里那些爱美的女人带来无尽的欢乐，还有永远的美好……

两个尿罐

二哥太淘气了，把村里人茅房里盛尿的尿罐都用弹弓打烂了，害得父母不但给人家赔着笑脸说好话，还得掏钱给人家赔两个新的。

吃过中午饭，歇晌[①]，歇够了的男人们起床，来到后院茅房，准备担起尿罐去地里劳动。可一个个都傻了眼地从茅房里跑出来，嘴里还喊着：“咋回事啊，尿罐咋都打碎了，尿流了一地。”

一下子，村里十多家的男主人围在一起，说着同样一件怪事。

二哥和大牛眼两个人，藏在队里的麦草垛后边偷着乐。

大人们休息，孩子们就疯了似的在村里到处乱窜。二哥和大牛眼两人拿着刚用铁丝和皮筋弯好的新弹弓，也在村前村后地乱转悠着，一会儿瞄着树上的两个青柿子打上

---

① 歇晌：午休。指吃过午饭躺下睡一会儿。

一弹弓，一会儿又瞄着卧在猪圈里睡懒觉的大黑猪肥嘟嘟的屁股蛋打上一弹弓……

我的老家峒峪村里，每家每户的猪圈都和茅房连在一起，二哥给弹弓里装上小石块，猫着腰站在猪圈外边，瞄准黑猪厚厚的脚丫子一弹弓打了出去，那黑猪哼一声，只是懒懒地把那只挨打的蹄子往回缩一下，又接着睡懒觉。二哥和大牛眼看着黑猪懒得连动也不想动，觉得黑猪不好玩，不刺激，不过瘾，很失落，于是，他们就又寻找下一个瞄准目标去了。

大牛眼突然对二哥说："走，四队拴虎家的核桃树大得很，咱去那儿玩吧。用弹弓打核桃。"

大牛眼一边说着，一边拉着二哥就往四队拴虎家走去。

两个害人精来到拴虎家的核桃树下，"嗖嗖嗖"地蹿到树上，坐在核桃树的枝丫上，两腿来回地晃着。二哥就是坏，一只眼闭着，一只眼睁着，用力地拉开弹弓，一块用石子做成的"子弹"立刻飞了出去，"砰"的一声响，拴虎家茅房里的尿罐碎了，盛在尿罐里的尿液哗哗哗流了一地。二哥和大牛眼互相看着，然后又哈哈哈哈地笑了起来。笑得前仰后合。

放在各家各户后院茅房里的尿罐，成了他们打弹弓的活靶子。

等人们歇晌起来，发现茅房里的尿罐被打碎了，一个个纳闷着，扛着锄低着头向地里走去，寻思，这尿罐怎地就碎了呢？

我姑父是十里八村的能人，人称“十三能”是个烧窑的把式。他家离许庙镇很近，在自家院子里箍了一眼窑，专门烧瓦盆、瓦罐和尿罐。每逢许庙镇逢集时，用架子车拉了这些物什到集市上销售。

许庙镇的集市设在每个星期天。

每次逢集的时候，二哥都喜欢到姑父摆摊的地方来“玩”，说是给姑父看摊子，其实是为了在散集时姑父给他买一碗饸饹或者几个麻糖，来解嘴馋的。

有一天，姑父的尿罐卖得特别快，而且都是我们峒峪村的人买走了。

想起自己和大牛眼的恶作剧，竟然给姑父的生意带来契机，二哥哼哼哼地笑了。笑得极开心。

姑父感到奇怪，就问：“你这瓜子①，笑啥呢？”

二哥憨笑着附在姑父的耳边，说：“我们村人的尿罐，

---

① 瓜子：傻子，憨憨。

都是前几天我和大牛眼两个人用弹弓打烂的。要不然，你的生意能有这么好！”

姑父听后，不知道是生气还是好笑，揪着二哥的耳朵骂道：“你个崽娃子，尽学坏！”

二哥疼得龇牙咧嘴，把手伸得老长，说：“给我买两个麻糖！”

说归说，但在散集时，姑父还是给二哥买了几个麻糖。

隔墙有耳，二哥和姑父的谈话，让村里一个过路人无意间听到了，回去后把两个坏小子打碎人家尿罐的事传了出去。傍晚，凡是被打碎尿罐的人家都寻到我家来，要父亲给他们赔尿罐。

父亲知道二哥的德性，邻家人不会空穴来风的。于是，父亲一边给人家赔不是，一边答应下一个集市日给人家买一个尿罐。

那晚，二哥吃了父亲一顿裤带面。

二哥老实了几天。

我估计，二哥老实不了几天，因为他天生就是一个淘气鬼，过不了两天，又会惹是生非的。

老 屋

时隔将近二十年，我又一次回到了老屋。

老屋依然像二十年前那样，无私地接纳了我，让我在它宽大的怀抱里缓解长期以来在外承受的疲惫和压抑。

站在老屋的院子里，阳台依旧、楼梯依旧、花园依旧，就连那散发着泥土芬芳的气味也依旧，不一样的只是改变了颜色的木格门窗。

今年夏天，村里的秃爷不在了，父母赶回老家为他老人家送行。在送埋完秃爷后，父母绕道回了趟老屋，只见老屋窗门斑驳，墙皮脱落，昔日很是耀眼华丽的二楼挑檐瓷片也因长期的风雨侵蚀而所剩无几了。

打开已经生锈了的铁锁，院子里水泥地面被邻居家后院里栽的臭椿树根也蹩起来，坑坑洼洼；院子中央花园里的打碗碗花和那棵我特意从北岭朝坡移回来的银杏树也早已不知去向，代替它们的只是长得疯狂的趴梨子和狼尾巴草；那只筑在二楼西屋楼顶的燕子窝也没有了踪影，剩下的只是那坨曾经被泥土覆盖过的污迹。楼上楼下将近三十多个房间都萧萧条条，冷冷清清，没有一点点生活的气息。父亲和母亲对望着，看着他们在二十年前没日没夜拼命挣钱盖起来的，在当时显赫得惊动了整个东川的二层楼房，如今颓废得只剩下野草居住的房屋，黯然神伤，相互无语。

粉刷工请来了，涂料桶子摆满了院子里的台阶；油漆工请来了，油漆桶占去了院子的一大半；清洁工请来了，打扫房间，清除院子里的杂草，一片欢声笑语又一次充满了整个庭院。父母也不甘清闲，亲自动手，把老屋里的陈旧家什抬了出来，用锤子叮叮咚咚地敲着钉着。当木工看着那些早已散架不能再修的沙发和橱柜建议让不要再修了，说是修的工钱比买一个新的还费时费钱时，父母却说出了惊人的话语：修吧，这些家具都留有儿子媳妇女儿孙子和在十九年前去世的老母亲的气息，看到这些家具，就看到了二十年前一大家人生活在一个院子里的欢乐。工人们感动了，挽起袖子，挥着斧子，顶着炎炎夏日，在前厅里用心地修理着那一件件带有感情的家具，同时也修着父母对老屋曾经欢快的念想。

可惜，那时我没在家，没有和父母共同修缮老屋，听爸妈说，三个哥哥和弟弟都曾经回来，和他们一起帮忙收拾，共同劳动，挥汗如雨，毫无怨言。其实，我们姊妹五人，都在县城和西安买了房子，而且每人还都有好几套，谁也不可能在老屋居住，但为了父母，为了那曾经的欢乐，为了那份浓浓的亲情，哥几个和父母一起出钱出力，粉饰了老屋，重聚了和气。在今年七月份的一天，老家的一个堂哥过三周年，我们一大家祖孙四代二十多口人又一次聚在了老屋，挤在父母的房间，坐在父母的床上，说着笑着，看着父母高兴得咧开了大嘴，笑得眼睛都挤成了一条缝，满脸的皱纹拥在脸上。

拭去了家具上时光留下的尘埃，经过了二十年的风风雨雨，我们又回到了二十年前欢乐、祥和的老屋。坐在这里，仿佛又回到了昔日的老屋，家具依旧，摆设依旧，亲情依旧。